GOBOOKS & SITAK GROUP©

三日月書版

三日月書版

輕世代
FW288
三日月書版
九鷺非香
繪／セカイメグル
招搖
卷二
ZHAO YAO

目錄

路招搖

生前爲魔界萬戮門的門主，立志成爲令人聞風喪膽的女魔頭。
救了魔王之子的墨青，並將他帶到門下照顧，
沒想到不小心被他害死了，化爲一縷魂魄後，千方百計想復活報仇。

「我是天上天下威武無敵
至上至尊魔王路招搖！」

墨青

魔王之子，外表清冷，寡淡無欲，
但舉手投足有種不著痕跡的溫柔。
在路招搖死去後，接手了萬戮門，並將其完善治理。

「我可以為妳放下一切，只要妳安好。」

第一章 動心

別的事都可以忍，唯獨復活洛明軒這件事不行。

我正琢磨著應對之策時，小院裡閃進一道黑影，是墨青來了。

幾天不見，突然看見他的臉，記憶頓時被抓回那天面對面、他幾乎吻上我的時刻，我的心跳陡然落了一拍，好一會兒才平復下來。

我順了順心口，覺得自己在聽到洛明軒可能復活的消息下，還在在意墨青這檔事，實在很危險。

只見墨青盯著還蹲在地上瑟瑟發抖的芷嫣，眉頭微微一皺，也沒去扶，他轉身問暗羅衛：「柳滄嶺追回來了嗎？」

暗羅衛闔首跪下，沉聲道：「屬下辦事不力，望主上責罰。」

墨青沒有責罰，只擺擺手讓他退下。他自己站在一旁靜靜看著芷嫣，一言不發，像是在等著什麼。

我琢磨了片刻，上了芷嫣的身，似脫力地往地上一坐，抬頭看向墨青。

「師父。」

我想，墨青既然沒點破我的身分，我就繼續裝傻好了，省得身分忽然來個調轉，還要重新適應角色。

而且……我也不知道，怎麼用路招搖的身分和墨青相處。

「柳蘇若可能沒死呢。柳滄嶺應該是被操控了，用她的雄劍取了我的血。」

被我擠出身體的芷嫣聞言，轉頭盯著我。

我接著說：「明天好像是他們十大仙門在仙臺山的大會，柳蘇若今天偷襲我，明天定會有行動。」

這個行動，多半與復活洛明軒有關。甚至……可能直接帶著甦醒的洛明軒去了。

想到此處，我眉眼沉了下來。

墨青蹲下身，平視著我道：「不用憂心，我已有安排。」

「安排？」我望著墨青，眉頭不自覺地一皺，「是要去攪亂他們這個大會嗎……親自去？」

上次錦州城一戰，墨青身上的傷別說好，只怕是更嚴重了吧。明天的仙門大會他若是自己去，未免也太胡來了。

「擔心我？」墨青狀似無意地拋出了這句話。

當然擔心啊，這破身板……

我被自己下意識冒出來的想法嚇得一愣。我飛快地瞥了墨青一眼，但見他星眸含笑，竟在沉著冷靜後，藏著三分調戲的意味。這曖昧的眼神直將我盯得老臉一紅。

我登時反應過來，這傢伙是在套我話呢！而我竟當真……在擔心他。

可惡，有種被內心背叛了的感覺。

「哼哼……明明昨天還那麼信誓旦旦地和我說沒有放棄殺他，一心奪回門主之位呢，妳現在眼神可不是這樣說的。」我聽見芷嫣在旁邊嫌棄我的話。

我冷冷地瞥了她一眼，但見她像兔子一樣規規矩矩地蹲著，一雙大眼直直地盯著我。

這位姑娘，妳不是才被柳滄嶺割了脖子而失神難過嗎？這才難過多久啊？妳的心什麼時候也這麼大了，竟然還有空關心別人？

我咳了一聲，鎮定情緒，目光重新在墨青臉上一掃。他還是盯著我，不知為何，我腦中浮現起不久前墨青取了六合劍回來，劍柄上有血，我問他是否有受傷，他也是這般問我——是不是擔心他。

當時我說不擔心，換來的是他有幾分失落的神色。

想起他那時的神色，我卻是不知為何，竟無法再瞎扯一些有的沒的，糊弄這個話題了。

他像一個等發糖的孩子，眼巴巴地看著我。我有些不忍心將那糖當著他的面扔在地上。

我暗暗嘆了一聲氣，決定跟隨心中所想。

「嗯，擔心你。」

墨青的眸光頓時亮了起來，卻又像是沒想到我會這麼直白地說出這幾個字，他愣了一會兒，竟把目光轉開了，遙遙望著遠方，也咳了一聲。

「嗯。」

就只有一個「嗯」？

小醜八怪你真是一個不會順杆爬的羞澀孩子呢。

院裡默了一瞬。墨青又開了口：「明日仙臺山不用我親自去，東山主已從海外仙島歸來，她會去處理。」

「東……山主？」

我愣了。墨青居然派了那個瘋丫頭去？不過轉念一想，要去給人家搞破壞這種事，派絮織去確實最合適了。

這丫頭是什麼脾氣我比誰都清楚，她就是典型的屁股長針，半點也靜不下來，猶如脫韁之馬般的人。以前心血來潮發起瘋來，能抱著我在大庭廣眾下轉圈圈，嗷嗷著說好喜歡門主……

我萬戮門這四個山主，細細看來，北山主忠心於我，可卻主屬有別，相處客套；南山主顧晗光對我愛理不理，只有受傷時才見得到他；西山主司馬容與我親近，是我得力幹將；唯有東山主絮織……常年立功與闖禍並行，相當難捉摸。

她並不是不聽我的話，而是太聽我的話，導致行事過激，收不住攻勢。讓她去殺個某門派的頭頭，她能把人家門派房瓦都全部砸碎。

絮織原名十七，是我當年吞併一個魔道大派「血煞門」時，從地牢裡挖出來的女孩。她當時還小，不過五、六歲，穿著血煞門的弟子服，胸膛上印著十七兩字，像是編號，可喊了一聲十七，就能換得她清脆的答應聲，是以這也是她的名字。

我帶她離開血煞門時，正是漫天柳絮紛飛的春天，便給她起了個小字——絮織。枉費我替她取了這麼婉約的名字，這丫頭卻一路往反方向長去了。

絮織體內一股蠻力，也不知小時候是被血煞門餵了什麼藥，力氣大得可怕，我與她操練，即便我使了千斤墜站在地上，她也能把我舉起來。用術法推她，都推不開——因為術法對她，根本沒用。這也是我所知道的唯一一個在別人用瞬行術時，能一把將人撈回來摁在地上揍的人了。

我帶她回萬戮門，本是打算將她當成貼身丫鬟從小養起，後來發現以丫鬟來說，她實在太笨手笨腳了，讓她去撕個人還比讓她擦桌子來得快。

最後，我乾脆就給了她東山主的位置。但凡門派裡有什麼人不聽話，就讓她去處理，保證沒錯。

我問墨青：「之前一直沒見到東山主，她竟是去海外仙島了嗎？」

「嗯。」墨青點點頭道，「五年前劍塚一戰，門主身死，她一連哭了半個月，日夜不停，見她快哭瞎眼了，司馬容便騙她，說海外仙島有不死草，能使人起死回生，本想著讓她緩一緩，慢慢接受……沒想到，她從那時一直找到現在。」

我垂了眉眼，我知道她的脾氣有多拗，卻沒想到她會為了復活我而探尋至今。

明明在我印象裡，我對她……也沒有多好。

「那東山主如今回來了？」我問墨青。

「前段時間，我遣人去將她找回來了。」

「她肯回來？」

墨青微微動了一下唇角，解釋道：「我遣人與她說，路招搖回來了。」

我一怔，呆呆地望著墨青，「路招搖……什麼時候回來了？」

墨青轉頭看我，眸光細碎溫柔，「妳不是說，她打算回來找我報仇嗎？」

是，我之前是這麼說過，可這對他來說，難道不該是一件讓人頭疼的事嗎？

「……怎麼看起來還挺開心的……」我呢喃出聲。

「因為，除了她，別的都不重要。」

聞言，我心口一跳。

墨青根本是作弊，為什麼他說出口的每一句話，都這麼莫名其妙地讓人……心動？

他似乎想到了什麼，頗覺有趣地道：「找到絮織的暗羅衛還傳來了消息，絮織聽說路招搖回來找我報仇了，開心得直拍手，說要回來與她一同殺我。」

這種話不要說得那麼輕鬆愉快行不行！你這樣，就算我真能拿刀插你心窩，也沒有任何成就感了啊！

「昨日絮織剛剛登岸，而今仙臺山大會，我先派她過去看看，讓她消耗消耗體力。」

我又看墨青，「她會聽你的話？」

「嗯。」墨青面不改色地應了一聲，「我說他們傷了招搖。」

啊……看不出這個小醜八怪還會假傳聖旨借力打力啊，平時這麼一臉嚴肅、不苟言笑的模樣，該坑人的時候，坑起來也毫不手軟嘛！

「我不會讓洛明軒醒過來。」他站起身，瞬行離開前，只落下一句話，「安心休息。」

確實很讓人安心……

我望著他離開的夜空發呆，須臾後，一個半透明的鬼影飄到我面前，是芷嫣。

她直勾勾地盯著我，用著揶揄的口氣道：「大魔王，妳動心囉。」

「嘖……妳不是該蹲去角落哭嗎？來湊什麼熱鬧？」

「有什麼好哭的？妳剛才都說了，滄嶺哥哥是被控制的，他不是真的瘋了，也沒有真的想殺我，所以我該想的是怎麼去救他才對。」

這丫頭……長本事了嘛。

「柳蘇若既然要利用他，就暫時不會傷害他，明天你們萬戮門行動後，我再觀察觀察局勢，然後才能想辦法去救。不然給你們添亂，滄嶺哥哥也不一定能救得了。」

我應了一聲，算是支持她的想法。

「所以妳真的動心了嗎？」

我無奈地瞪了她一眼，沒有回答，可我卻在自己心裡聽到了淺淺的應答。

是，我動心了。

因為墨青那麼帥！因為他眼睛那麼美！因為他唇角的微笑那麼迷惑動人！也因為他的言語……明明那麼平淡，卻能觸動我堅硬冷漠的內心。

第二章　千里鏡

翌日，十大仙門在仙臺山開會時，我飄在芷嫣身後，隨著她去找了沈千錦。

適時，在魔氣凝成的牢籠外，正是沈千錦的心腹在看守著。

見芷嫣進了屋，禮貌地一低頭，往旁邊一站。

見她手中正托著一面鏡子，給牢籠裡的沈千錦看著，我便飄過去一看，鏡子裡映現的場景，正是仙臺山的仙門大會。

這仙門的千里鏡即便隔著千里，也可以從鏡子裡看見對方所處的場景狀況。也就是說，這個仙門大會，沈千錦雖然沒有親自到場，卻也讓下屬前去抱了面鏡子坐在那裡，隔空開會。

挺會玩的嘛。

我讚賞沈千錦，同時心裡也道，這墨青也是大度，他將沈千錦囚在這裡，卻也不禁止她與門下子弟接觸，更不在乎她用千里鏡去參加仙門大會……

不過仔細想想，墨青的目的是不讓柳蘇若拿到沈千錦的血，現在這般模樣，沈千錦確實也去開會了，她會說出在鑒心門經歷的事，而柳蘇若卻沒辦法威脅到她。

倒是一舉兩得的法子。

辰時末，各家仙門坐定，偌大一個場地，盈滿仙氣。一群我見過的、沒見過的仙門中人通通一副如開追悼會般，沉著臉靜默。

而今十大仙門，南月教已不復存在，位置空了一個，沈千錦這方由門下弟子抱著鏡子站在旁邊，主持大會的人開了口，說罷，沒一會兒，不出我所料，綁著一身繃帶的柳蘇若出現了。

而今她臉上也纏著白布，擋住了一隻眼，成了獨眼夫人的她，目光比之前更添幾分怨毒。

「各位仙友，五日前，錦州城遭萬戮門厲塵瀾所毀，可謂滿目瘡痍……」

我轉頭看芷嫣，「你們仙門這東西我沒玩過，它能直接把柳蘇若說話的這段跳過嗎？我不想看。」

「跳不過啊。」芷嫣看見柳蘇若，心情就不好，下意識語氣就不耐煩了些，「要有辦法，誰想聽老妖婆嘮叨。」

我還沒接話，沈千錦倏爾抬頭望芷嫣，旁邊端鏡子的觀雨樓人也愕然地瞪著芷嫣。

我望向鏡面，只見那鏡子裡的人，都齊刷刷地轉頭來盯著這方，整個仙臺山的會議開了沒多久，便迎來了第一波集體沉默。

哦，搞半天，這鏡子還能傳聲啊……

我朝芷嫣吹了一聲口哨，很高興能引起這樣的矚目，「哎呀，看來他們都聽到妳的話了。」

可他們那邊大概就只能透過鏡子看見沈千錦面無表情的臉。

芷嫣卻是覺得自己闖禍了，連忙捂住嘴，不再和我搭話。

見所有人的目光都落在那面鏡子上，沈千錦不卑不亢地開口了：「抱歉，擾了各位，不過我這裡有一事想報予大家聽聽。」

柳蘇若陰沉一笑，「觀雨樓主身陷囹圄，還能在此發言，萬戮門的厲塵瀾，對妳可謂禮待有加啊？」

「柳……前輩。」沈千錦意味深長地喚了她一聲，「何必急著汙衊我，且聽我將為何落至如此境地的緣由告訴大家，前輩再多言語，可好？」

「呵。」柳蘇若不屑一笑，「不過就是想說，我為了復活一人，所以打算取妳鮮血這件事罷了。而今我自己說出來，也是一樣。」

她此言一出，眾修仙者大驚。

「各位仙友，我今日來，便是來為大家送上這則消息，經過我鑒心門多年尋求，而今終於找到一則法子，能令被路招搖所害的金仙洛明軒甦醒過來。而前些日子，錦州城遭厲塵瀾突襲，便是因為他想打亂我的計畫，最終我死守金仙身軀，方保他毫髮無傷。」

整個大會議場，霎時喧囂起來。

金仙洛明軒，對他們的重要性，不亞於先前錦州禦魔陣對仙道的意義，洛明軒幾乎是他們幾輩修仙人的信仰。

而在當初那個時代，我殺了洛明軒，便如同墨青掀了錦州城一樣，對他們來說，都是顛覆他們信仰的一件大事。如今卻有人說，可以復活洛明軒，這無異於給常年受壓制的眾多仙門點了一把火，重新燃起了他們的熱情。

見事情真的開始往我與墨青預料的方向走，沈千錦沉了眉眼。

「我尋的這法子，便是要有人血祭金仙，方可喚醒金仙，使他重臨世間。而這需得世上至純之血，恰巧琴家與沈樓主的血，剛好能對上。我便尋求了琴瑜門主的同意，他自願為金仙獻身……」

「妳胡說！」芷嫣聽到此處，終於忍不住了，衝到鏡子面前，對那方一陣大吼，「妳胡說！就是妳殺了我爹！還用惑心術惑亂了柳巍與滄嶺哥哥的神智！都是妳想復活那金仙，才害了這麼多人！」

芷嫣開了口，那方又稍稍靜了些許下來，我從鏡子裡望見坐在另一方的琴千弦見狀，蹙了眉頭。

柳蘇若面對芷嫣的斥責，絲毫沒有憤怒，反而一笑，「琴瑜的女兒，如今投奔萬戮門了吧，聽說還是厲塵瀾的徒弟？上次大鬧錦州城，厲塵瀾倒是極護著妳嘛，而破我禦魔陣，妳也出了不少力。這種投靠魔教的人的話，誰會信？」

沈千錦將芷嫣先拉到了一邊，正色道：「我信。」

與此同時，鏡子那邊也傳來一道清淺的男聲：「我信。」猶如廟裡的清音，讓群情亢奮的眾仙人霎時安靜了一瞬。

芷嫣望著琴千弦，也有點不敢置信。

琴千弦在那方只淡淡地往鏡子這邊掃了一眼，目光在芷嫣臉上一轉而過，隨即對柳蘇若道：「家弟生性溫和，極寵幼女，斷不會棄她而去。芷嫣早與我說過，琴瑜乃柳巍所殺，我信得過柳兄為人，便一直私下探查，查了些許時日，卻也未曾想到，一切皆是源於妳想復活洛明軒……」

「自金仙去後，仙道勢弱，復活金仙有何不可？」柳蘇若一笑，「閣主身為修道之人，理當主動奉上鮮血，為我仙道大業，貢獻力量才是。」

她的話能勾動太多仙門人心底裡的陰暗心思。

大家從一開始的激動焦躁，而後沉靜，現在卻是在沉靜背後，壓抑著蠢蠢欲動。

琴千弦抬眸，靜靜地掃了眾人一眼，素來溫和無波的眼眸裡，泛起了一層寒意。

「為復活一人而取他人性命，此事悖逆天道，有違自然，眾仙友修道多年，自是知道這所謂復生之術，乃何等法術。琴某無懼為蒼生捨身，卻懼仙道仙途，再無初心，為一時之欲，成自我心魔。」他的目光最終落在柳蘇若身上，「依我看，鑒心門柳蘇若，不若去修魔道，更為適合。」

哼，扯呢！

我給琴千弦翻了個白眼，什麼垃圾都往魔道丟，我才不要呢。

琴千弦的一席話讓眾仙家冷靜下來，他們這些道貌岸然的修仙者，皆是談心魔則色變，一時間全都靜默不言。我正琢磨著，看來這場仙門會議，就算絜織不去搗亂，大概也會開得四分五裂。

此時，卻聽柳蘇若道：「而今仙門，到底不再似從前一般齊心。若是以我之血能換金仙甦醒，我便捨了這條命又何妨。」

我抱著手看她打苦情牌。

「我恨只恨自己的血無法使明軒甦醒，思之過往，明軒所行之事無不為眾仙家著想。琴千弦，若我沒記錯，你初修菩薩道時，也得明軒指點，而今卻這般絕情，當真是修成了菩薩，便忘了世俗痛苦嗎？我想讓明軒復生，何錯之有？

「再者，而今我已得一人獻身，剩下的，只是苦於至純之血不夠，無需琴閣主身死，只要稍獻鮮血，即可甦醒明軒。」此話一落，一直沒吭聲的其他仙門，紛紛開始表態，有的附議柳蘇若的話，有的則暗自點頭。

我粗粗掃了一眼，這剩下的九大仙門裡，約莫有四家是贊同柳蘇若的，而其餘兩家，與沈千錦和琴千弦一般沉默不言。

五比四，倒是相差不遠。

這時，忽然颳起一股大風，我聽得鏡子裡猛地傳來一聲脆生生的呵斥：「聽妳這老太婆瞎扯！」

隨風而來的，是一道翠綠的身影，攜著一股蠻力，狠狠一拳往柳蘇若臉上打去。

打臉，是為打人之精髓。

我告訴絮織的話，她從小一直記到了現在。

然而她這一拳卻沒有打準，柳蘇若重傷動不了，旁邊有仙門的人護著她，以瞬行術一把將人拉走，可讓在場眾人更沒想到的是，當那人將柳蘇若拉走時，這小丫頭竟憑空一抓，把那名即將消失的仙門人影硬生生地抓了回來。

那人倒是拚命要護柳蘇若，將柳蘇若往旁邊一推，他自己則被絮織摁在地上，一頓暴揍，將地都打裂了。

絮織便是如此，不懼術法，可是她自己身體也不太能積聚靈氣，修術法很慢，所以她和人打架，通常都是直接蠻幹。

絮織站起身來，扭頭一望，「聽說，你們在這裡商量要欺負我門主。」她捏著手指，喀喀幾聲脆響，她狠狠瞪著周圍的人，「都是哪些不要命的放的屁！」

我聞言一笑，是小十七說話的風格，還是那麼粗獷剽悍。

第三章　意圖顯露

鏡子裡的仙門大會一片寂靜，所有仙人都站了起來，在絮織身邊圍成一圈。

芷嫣望著鏡子裡的絮織，眨了眨眼，有點愣神，「這就是東山主啊……」

她這一聲傳了過去，那方仙門人都開始竊竊私語，說來說去，無非多年不聞東山主這幾句話。

柳蘇若悄然退到幾個仙門之後，方才同意她言語的四個仙門之一站出來個白鬍子老頭，我也識得他，是望星門的掌門，名叫遲天明，號天機道人。在洛明軒被我打得永遠昏睡之前，這老道與他的關係可謂是十大仙門之最好。

見他站在柳蘇若這邊，我毫不意外。

「路十七，我仙門大會，豈容妳來放肆！」

絮織是我撿回來的，打小沒有姓，我便給她冠了我的姓，現在她被人這樣連名帶姓地一叫，我忽然有種自己的後輩在江湖上延續了威名的感覺。

「誰管你們容不容！要害我門主就不行！」

絮織是個一言不合就動手的脾氣，還是老方法照那天機道人的臉打，半分沒有尊老愛幼的道德觀念。

芷嫣睜大了眼，看著絮織對對方的術法躲也不躲，硬頭扛上，她滿嘴「喔喔喔」的驚嘆，喊得可響亮了。

絮織的招數還是我教她的那些，只是這些年不知在海外仙島吃了些什麼苦，動作更快，殺人要害也找得更加精準。

她出招之快，又絲毫不受術法控制，這專心修練內力的天機道人吃了虧，接了兩招，被這蠻橫不講道理的攻擊摔進了人群裡，絮織縱身一躍，跳到高空落下，還是不捨不休，執著地想去揍他。此時天機道人身邊皆是仙人，通通祭出法器，各種術法刀劍往絮織身上砍去。

絮織不怕術法，卻還是要躲避刀劍暗器的。

芷嫣看得著急：「你們以多欺少！」

我卻沒多關注絮織，現在動手的除了天機道人這一個掌門，別家都還只是些門人呢，小嘍囉翻不出個花來的。

我目光落在琴千弦身上，在大家都在關注絮織時，一道人影在琴千弦面前一閃，拿著柳蘇若的雄劍朝他狠狠砍去。

琴千弦周身光華一動，他身形未有分毫偏差，那雄劍卻堪堪停在了他的肩頭前。

得見來人，琴千弦眉頭一皺。

是柳滄嶺。

「芷嫣。」我喚了芷嫣一聲，讓她目光看向鏡子另一邊，然後她一怔。

「滄嶺哥哥……」她手心一緊，握了拳頭，「柳蘇若，妳混蛋！不要再操控滄嶺哥哥了！」

沒有得到任何人的回答，柳滄嶺只是將劍一抽，攻勢更加猛烈地砍向琴千弦。

琴千弦身邊的護衛欲動手，卻被琴千弦止住了動作。

這時，只聽柳蘇若如蛇般怨毒地冷冷喚了一聲：「諸位仙友，還在等什麼？」

此話一落，另外三個仙門掌門只能動手了，朝琴千弦而去，竟是打算當場取他的血！

沈千錦大罵：「荒唐！」她拍案而起，卻被攔在牢籠中無法動身。

而先前未表態的兩個仙門，玄玉堂堂主起身回護琴千弦，而另一個掌門則坐著未動，看這模樣，是要保持中立？

玄玉堂主擋住對方一名掌門，而另外兩人則同柳滄嶺一起攻擊琴千弦。原來，這場救不救洛明軒的選擇，卻是五個贊同，三個抗拒，一個中立。

三人圍攻琴千弦，霎時場面打得一片混亂。

我沒在人群中看到柳蘇若的身影。

我沉了眉目，下意識命令道：「絮織，去幫琴千弦！」可我話說出口了，才發現我的聲音傳不到他們耳裡。就在我沉默的這一片刻，芷嫣不需要我吩咐，徑直對那邊喊道：「絮織！路招搖讓妳去救琴千弦！」

此言一出，全場皆靜。所有人的動作似乎都頓了頓，旁邊的沈千錦也是錯愕地盯著芷嫣。

「路招搖」這三個字一出，即便在死了這麼多年後，對他們來說也像是一個魔咒。

我驕傲地仰起了下巴。

在角落裡與那天機道人和一堆門人打了一通的十七自人群中抬起頭，她臉上沾著別人的血，看起來有幾分邪性，但目光依舊似小動物一樣單純無害。她望向這邊的鏡子，透過鏡子看見了芷嫣，但她看不見芷嫣背後的我。

「門主說救誰？」

「菩薩道的琴千弦！」

她甩了甩手，在別人身上擦掉手上的血，「門主說救，我就救！」

她一蹲身，如身手矯捷的猛獸蹦了一躍沖天，落到了琴千弦面前，琴千弦周身閃著薄光的結界對她而言並無用處，她殘留著些許血跡的手在琴千弦一襲白衣上推出了個血印，她轉頭看了琴千弦一眼：「你後退，我保護你。」

琴千弦那素來清冷的表情明顯一愣。

正在這時，面前的柳滄嶺再次舉劍攻來，他看也沒看絮織一眼，徑直朝琴千弦的頸項而去。

絮織也毫不客氣，動作迅猛，一把揪住柳滄嶺的手腕，咔一聲給他錯了骨，再照著他鼻梁便是一拳，打得柳滄嶺鼻血橫流。

高高在上久了的仙人們許是太久沒見到如此血腥的肉搏戰了，旁邊的幾位掌門與琴千弦都露出錯愕神情。

也是，以前對付仙門人，我一般派袁桀去，而絮織多半處理內部紛爭。修魔的，大家都性格乖張，只服比他們更惡的人，絮織下手毫不留情，最是能震懾那些不乖的小妖精。

柳滄嶺被柳蘇若操控，卻是不知痛一般，再提劍要上，絮織明顯不開心了，屈指為爪，剛要下殺手，芷嫣一聲驚呼：「不……不行！」她眼珠子一轉，「妳門主說不能殺這個人！」

我在後面毫不客氣地踹了芷嫣一腳，「竟敢假傳聖旨，我要砍妳的頭！」

芷嫣抹了把汗，忍著情緒不回頭看我。

另一頭的絮織卻乖乖聽了話，「唔……門主要求比以前多了。」她去了爪，化為掌，狠狠擊中柳滄嶺腦門，柳滄嶺兩眼一閉，直挺挺地昏死過去。絮織搓了搓手，接著她剛才的話說，「不過我還是喜歡她。」

我一笑，正覺自己養了個好孩子，那方會議堂上倏爾從天而降十數個機關木頭人，其中一個木頭人落到絮織身邊，沒有情緒地說著：「妳再這麼直白地說這種話，有人就要生氣了。」

聽起來，竟有點像司馬容的調調……

第四章　幫手到來

是墨青讓司馬容安排了木頭人過來？

我一想，覺得此計甚妙。

絮織的身體奇怪，術法氣息在她身體裡流失得極快，是以別人作用到她身上的術法，還沒起作用便消失不見了。除非遇到墨青或我這種程度的修魔者或修仙者，氣息強大到足以源源不斷地給她傷害。否則一般人，諸如而今在場的，基本上對她沒什麼威脅。

法術對絮織沒用，而給絮織帶來的同樣效果就是，她也極難修行法術，內息難以在體內運轉，學個入門的御劍術都花了極大功夫。

她到現在也不會瞬行術，所以才滿場蹦來蹦去。

要讓她與其他暗羅衛一起行動，魔氣四溢，目標大了不說，她反而拖累暗羅衛們的行動。而這木頭人不一樣，它們只得和絮織一樣用飛的。它們體內裝置機關，也不需要太多魔氣便能驅使，不容易引起仙門人的注意，方便突襲。

也果然如此，絮織打頭陣大鬧會場，而木頭人來得悄無聲息，殺仙門人一個措手不及。

木頭人在這幾派的紛爭當中頂上，一時為千塵閣與玄玉堂的人分了不少壓力，沈千錦也命觀雨樓的姑娘們保護琴千弦。

南月教以前修機關術，現在他們被滅了教，唯一將這機關術練好了的，卻是被他們剝奪了行走權利的司馬容。讓他們得以用這樣的方式參與了這次十大仙門的會議，我一尋思，這其中因果，也令人好生感慨。

一片混亂中，端著鏡子的觀雨樓弟子也不得不忙於奔波，鏡中畫面變得模糊，角度也晃來晃去，讓人看不清楚。

即便如此，我仍能見到那晃動模糊的天上，有幾條黑影高懸，往下方一看，琴千弦對每一個攻向他的其他仙門弟子都手下留情，一個菩提印蓋在他們額頭上，讓他們陷入昏迷，然而這種戰鬥的方式，拖泥帶水又浪費時間。

我命令絮織道：「讓絮織帶琴千弦離開！」

可我話音剛落，還沒由得芷嫣開口，天上那幾條黑影一動，適時絮織正與天璿門的掌門戰在一起，天璿門內外兼修，除開術法外，武力大概算得上這十大仙門裡數一數二的人了，絮織與他鬥在一起，一時半會沒有脫開身，我望向琴千弦，在晃動的鏡中我看不清琴千弦的表情，但卻見他身形一轉，躲過從天而降的那幾道雌劍。可尚有另一把劍出其不意地向琴千弦殺去，避無可避，唯有一掌擊碎那把雌劍才能躲避此劫。

琴千弦也果然如我所料要震碎那雌劍。

便在這時，本已暈死的柳滄嶺驟然爬起，竟擋在了琴千弦與那雌劍之間！

芷嫣驚得失聲大喊：「滄嶺哥哥！」

琴千弦倏爾收手，一掌生生從柳滄嶺身前收回，內息撞回體內，他身體微微一顫，這還不算完……

柳蘇若竟操縱雌劍，毫不顧惜地從柳滄嶺的身體裡穿出，直取琴千弦頸項，這一劍狠戾得讓人想像不到！

琴千弦為不傷柳滄嶺，硬是收掌時便受了內傷，而這一劍來得如此出其不意，他未來得及躲，但見那雌劍一劍釘入琴千弦的頸項。

劍尖沒入，霎時吸取了他的血液，染紅了劍身，就在雌劍即將穿透琴千弦的頸項之際，劍柄被人猛地握住，雌劍去勢生生停住。

絮織雙腳落在地上，將那雌劍往後一拖，勢如力拔山兮，將那雌劍狠狠往地上一砸，劍刃霎時斷為兩截，已經吸取到的琴千弦的血灑了一地。

「誰敢動他！」絮織一叱，周遭一震，竟似有氣息震盪而過。

我一挑眉，想來這些年，絮織在海外仙島那些異樣之地，還是學了不少東西，竟能短時間地操控氣息了。

將周圍人都震開，絮織轉頭望了琴千弦一眼，不知為何，她忽然皺了眉頭，表情有些不開心地向琴千弦走了兩步，站定在他身前，根本沒管琴千弦願不願意，一把摟住他的脖子，腳尖一踮，張嘴便在他脖子上舔了一下，將他流出來的血液舔去。

看得出來，她舔得很是用力。

琴千弦錯愕。

所有見了這幕的人皆是錯愕。

只有我比較淡然。

我知道，絮織從小便有個習慣，每當被刀劍劃傷了，她喜歡舔一舔，像小動物一樣，讓傷口好得更快。有時候我去外面辦事，回來手上有小傷口了，絮織偷著也要幫我舔一下，我全當是小動物在撒嬌。

收了顧晗光後，身上的傷都有及時處理，綁了繃帶，她舔不了便也罷了。

可有點棘手的是，絮織對「性別」這個概念相當模糊。她是我養大的，我不拘小節，她也不拘小節，等養到一定歲數後，我才發現她沒有「男女有別」這個意識，但早已改不過來了。

反正她是東山主，也沒人能占她便宜，我便隨了她去。

所以她現在舔了琴千弦的脖子，她自己可能沒察覺有什麼不對。

因為，我讓她護著琴千弦，她便各方面都要護著，沒護好，就是她的錯。琴千弦受傷，也是她的錯。可他已經受傷了，她就只能幫他舔一舔了。

沈千錦在一旁摸著下巴道：「沒想到此生得見琴千弦被人輕薄的一天。」

是啊，我之前還只是把這尊菩薩抓回來看呢，這丫頭倒好，上來就動嘴。

「現在不是說這個的時候吧！」芷嫣很是著急，「得想辦法救救滄嶺哥哥……」

我一沉眉目，「讓絮織帶琴千弦走……」我這兒剛開口，那方被司馬容操控的木頭人便道，「十七，妳帶琴千弦先走，我斷後。」

言罷，絮織倒是半分不客氣，抱著琴千弦的腰，縱身一躍，跳上高空，蹬了劍便御劍而去。

琴千弦與絮織一走，這方無疑是陷入了更大的危機之中。鏡面晃動，最後一幕，但見一個木頭人扛上了柳滄嶺準備離開。

緊接著，像是鏡子落在了地上，裡面混亂的畫面不復存在。

沈千錦的心腹憂心開口：「留下的姐妹們與其他人……」

沈千錦道：「這倒是無妨，琴千弦一走，他們各自憑著怒氣打上一陣，可要爭奪的人已經不在了，這幾個仙門也不會真對同門人狠下殺手。唯一承擔這怒火的便是萬戮門人，可他們派的是一堆木頭……」沈千錦一笑，「萬戮門主倒是高明，不出一兵，不損一子，便分裂了十大仙門。」

我瞥了沈千錦一眼，撕裂十大仙門可不是墨青的錯。

只要他們有人想用琴千弦的血復活洛明軒，十大仙門便會因為意見不同而分裂。能使他們從內部分裂的，只有人心。

不過，墨青確實做得很好……即便這場紛爭中，他沒有出面，可處處皆是他布下的印記……

魔王遺子啊，我當年到底救了一個多可怕的小孩啊……

到了晚上，木頭人已經將柳滄嶺帶回來了，直接抬到了顧晗光那裡。

芷嫣第一個衝上前去，見了柳滄嶺的模樣，眼淚止不住地啪啪往下掉，「柳蘇若怎麼可以這樣……」她呢喃嘀咕，「你是她親人啊，她怎麼可以這麼利用你……」

柳滄嶺被抬到了床上，顧晗光給他治傷時，轉頭嫌了芷嫣一句：「礙事。」

芷嫣也沒生氣，回了屋，讓我上了她的身，隨即她自己便以魂魄之姿去看。我穿著她的身體去了院裡，但見那送柳滄嶺回來的木頭人已經不見了，我一琢磨，直接瞬行去了無惡殿。

有些時日沒來，無惡殿的守衛見了我還是恭恭敬敬地迎我，半分不攔。

我徑直入了墨青的寢殿，但見方才那木頭人正立在墨青面前，與他說著：「十七不知帶著琴千弦去了哪裡，現在還找不到，不過今天看她這模樣，應該是在海外仙島歷練不少，比以前更厲害了些，理當不會出什麼意外。」

「嗯。」墨青應了一聲。他批復檔的手頓了頓，卻不鹹不淡地道了句，「本事長了，卻口無遮攔，欠些教訓。」

哎唷，聽這意思，是打算替我教育小十七啊？

這可不行。我進了屋去。

司馬容的木頭人輕聲笑了一會兒，道：「她將琴千弦帶回來後，你打算安排她去做什麼？如今魔道內部基本已經平定，不再似之前那般有諸多反抗，十大仙門也已四分五裂，成不了什麼氣候，唯獨那柔佛巴魯姜武，有些棘手，聽聞他最近又聯繫了許多魔修，不少是先前曾被招搖放逐的，對萬戮門怨恨極深……這些人聚在一起，怕是不妥，要不要讓十七去處理他們？」

「不必。」

「哦？」司馬容似覺頗為有趣道，「那你便將十七留在萬戮門裡……等她殺你？」

「柔佛巴魯姜武我自會解決，十七有更重要的事。」墨青一邊說著，一邊擱下了筆，一抬頭目光望向了我，燈火搖曳間，竟似有入水溫柔，「我要她竭力護住一人便足矣。」

我腳步一頓，心口又是一陣緊一陣暖，剛想開口問墨青的話，便輕而易舉地盡數忘記了。

第五章　報仇

我不由自主地避開了墨青的目光，望向旁邊的木頭人。

此時旁邊的木頭人也轉頭看我，司馬容調笑的聲音從一張麻木的木頭臉傳了出來：「啊，原來如此，這事確實比較重要。」

我以前怎麼不知道我這西山主這麼會擠兌人？

我輕咳一聲，轉了話題：「今日借著沈千錦的鏡子，看見了西山主大發神威，西山主何時弄了這麼多木頭人？」

「前幾日在師兄的幫助下，著人連夜趕出來的。」他解釋道，「而今，我身子殘缺，行動不便，靠著機關術弄幾個木頭人，也算是為萬戮門盡點餘力。」

我心道如此也好，他不用離開他那小院，也能幫墨青分擔許多，畢竟當了那麼多年西山主，司馬容的能力可不能小覷。

司馬容解釋了我的問題還不算完，又多嘴道：「正巧，這幾天製的木頭人也能將別處的畫面傳回來，聽聞妳今天可提了不少次先門主，以前只是聽說先門主能入妳夢，現在連白天也能與妳交流了？」

司馬容，你該拖出去腰斬啊！這麼精明幹什麼！

我在心裡罵了司馬容一頓，面上卻不動聲色：「嗯，大概她今天比較開心吧。」我心一橫，想道，反正墨青知道我是路招搖了，我只要腰桿挺直了死撐著，他不戳破，我就還能繼續裝。

因為……點破並沒有什麼好處，反正我也還是要用芷嫣的身體才能與他們這些活人繼續交流。

墨青掃了我一眼，沉默著沒說話。

這時，身後一條黑影一閃而過，跪在地上給墨青恭恭敬敬地行了個禮。

這人之前我便見過了，是墨青登上門主之位後新立的暗羅衛衛長。

只見他起身後便徑直行到了墨青身邊，附耳交代了幾句話，聲音又輕又小，我手上捏了個千里耳的訣打算偷聽一下，還沒施展出去，他就報告完了，退去一邊。

墨青臉色霎時變得有幾分清冷，「先去查實。」

「是。」

我瞥了木頭人一眼，本是打算讓司馬容開頭去問句怎麼了。可司馬容穩得住，木著臉一聲不吭，我只好自己吭了聲：「怎麼了？」

墨青垂頭批文，相當自然道：「絮織與琴千弦回來的路上出了些狀況，倒是無妨，妳且先回去歇著吧。」

趕我走？

我留了個心眼。

「好，我就是來看看師父，誇誇你布局厲害而已，那我先回南山主那處了。」

「嗯。」

我轉身離開，在踏出門口時，偷偷回望了屋裡一眼，但見方才做了副要批復檔模樣的墨青已經將筆擱下，面色沉凝，唇角微抿，帶了三分殺氣。

方才報的，必定不是與小十七有關的消息。

我往無惡殿外走了幾步，望著塵稷山千百年未變過的澄澈夜空，不覺也稍稍被風吹涼了心口與眼眸。

我猜，多半與洛明軒有關。

我瞬行回塵稷山時，正巧碰上沈千錦與觀雨樓使者密談著，剛好應證了我的猜測。我經過院外時，暗念了千里耳的訣，不用湊近，便足以聽清使者與沈千錦來報的消息。

「仙門某地有祥瑞之光降臨，天現金邊祥雲，許是金仙醒了。」

我腳步一頓。

望著面前這顧唅光的院子，看著院裡點的燈，一眼望去，越望越深，卻像是望到了那日鳳山之上，洛明軒大喜之日，喜堂之上明晃晃的燭火。

我熄了他的喜燭，廢了九把寶劍，終於將其中一把插入了他的心房，傾我之力，封印了他渾身血脈、氣息，凍結他每一寸經脈，我耗費了幾乎半條命，終於使他陷入了永遠的沉睡中。

只因我發過誓。

早在我被我姥爺從洛明軒的殺陣中救出後；早在我一動不動地躺在山溝裡，苟延殘喘地熬過那幾個月時；早在我爬出山溝，知曉姥爺死訊時……

我就發過無數遍誓言。

你是金仙之身，你能永生不死，那我就要你再無清醒之日，再無為人之時，我要你活著，卻比死更痛苦！

不算當年，便說而今。

我費了這麼多功夫，花了這麼多心思，毀了錦州城，撕裂十大仙門，大鬧仙臺山會議，要的就是洛明軒永世沉睡。

可現在卻有人說，金仙或許醒了？

我覺得老天爺絕對是在給我開玩笑。

憑什麼？憑著今日柳蘇若被打碎的殘劍裡的血？

我忍住情緒，回了房間，靜心打坐起來。

墨青方才說去查實消息，便代表這消息還未落實，我不能心焦，得耐心等待。

我控制住自己，就這般從未如此用功地念了三天的靜心咒。

整整三天，我沒用芷嫣的身體，就坐在房裡默念靜心咒。

等到第四日晚上，我聽見了旁邊屋子裡，傳來觀雨樓使者的聲音。

「金仙醒了，仙氣震盪，掃過了半個仙門治轄之地。」

「何處醒的？」

「尚未可知。」

三天三夜的靜心咒霎時破功。

我一睜眼，只覺多年未曾有過的憤怒、不甘與憎惡湧上心頭，燒心灼肺的怨毒如同烈火，將我早已不復存在的五臟六腑燒得沸騰。

適時正是傍晚，芷嫣照顧完了柳滄嶺，回了屋來，她有些高興地仰著嘴角：「雖然滄嶺哥哥還沒醒，可南山主說他已經沒有生命危……」她頓住了話頭，有些害怕地盯著我，「大、大魔王……妳怎麼了？」

我怎麼了？

我不知道，我也不想知道。

我身形一閃，撞進芷嫣的身體，甚至讓她的魂魄跌出去時都踉蹌了幾下，歪歪倒倒退了幾步才勉強飄穩了身子，她揉了揉胸口，「撞得好痛……大魔王，妳——」

「我去鬼市。」

落下這句話，我便用芷嫣的身體瞬行去了鬼市。

離開之前，我隱約見了屋外有人推門進來，是一身黑袍的墨青。可下一瞬間，我便到了鬼市。

沒有猶豫，我從芷嫣的身體裡脫出，便往鬼市之後的小酒館踏去。可飄了兩步，卻見癱軟在地上的芷嫣身體旁邊來了一人。

剛才所見，果然是墨青。

他蹲下身，探看了眼芷嫣的身體，他張了張嘴，卻彷彿不知道叫什麼名字一樣。

仔細想想，我用芷嫣的身體以來，他確實從沒叫過芷嫣的名字，一開始對芷嫣的態度還極其惡劣，是什麼時候有轉變的呢？好似是從那次芷嫣去救被關在地牢裡的柳滄嶺時，傍晚之際，我上了芷嫣的身，擋住了北山主的一棍。

或許……便是從那個時候開始，他便意識到我就是路招搖了吧。

他藏得深，我也不去細究。

現在這般，憤怒到頂點反而極致冷靜的情況下，一想倒是都想得通透了。可現在對我而言，這些都不重要，墨青也不重要，他喜不喜歡我更不重要。

我只想報仇。

讓那個該死卻未死的人，重新回到他永不甦醒的軌道上去。讓我的手，親自送他回去。

我轉身離去。

聽見身後墨青站起來的身影，他的衣襬掃過地上枯草雜木，窸窸窣窣，像亂草掃過心尖，細碎地癢，也有些許刺人。

「妳在哪裡？」

我能聽到墨青的聲音，他有點失了往日的沉著。

「我知道妳聽得到。妳回來，有任何事且與我商量，妳有任何打算，都交給我。」

我沒理他，別的事都有得商量，唯獨此事不行。

洛明軒沒醒，那就萬事好說。我可以借著芷嫣的身體，與墨青撒嬌，與他溫軟細語地演戲，讓他幫我，讓他助我，因為那時候，敵人是別人。

若洛明軒醒了，就沒什麼好商量的。

那麼多年前，是我親手封印了他，哪怕耗了這條命，我也沒借萬戮門和他人之力，因為和洛明軒的戰鬥，是只屬於我的戰鬥。

不許任何人幫忙，也不許任何人阻攔。

我便是死了，從地獄裡爬出去，用一副殘軀，一架枯骨，我也要讓洛明軒心房裡的血，永遠乾涸！

若說鬼有執念，那這便算是我唯一、最強的執念。

「我不許妳孤身一人！」

我聽見墨青在我身後這一聲喚，我心口莫名一緊。

我彷彿，感覺到了他暗藏在體內的傷痛與害怕，也感受到了來自我冰冷靈魂縫隙裡的暖與悸動……

「路招搖！」

我腳步微頓，可頓了一瞬，我便不再停留，徑直往樹林中飄去。

再暖，再悸動，也不能與墨青商量，我要報我的仇，而他……身上還有傷。

我飄去了小酒館中，找到了子遊，劈頭就說：「替我買還陽丹，日後我找人燒紙給你。」

子遊一愣，「怎麼這麼突然……」

「買還是不買？」

子遊與芷嫣一樣，似乎有點被我嚇到。這樣的表情我很熟悉，生前我殺死洛明軒時，很多人也是以這樣的表情看我，帶著畏懼，下意識地顫抖。

好多年……我以為再也見不到到別人這般怕我的臉了。

倒是有幾分懷念。

「我……我只怕是無法……」我起身便要走，子遊連忙伸手要攔我，可他的手卻又穿過了我的魂魄，「妳聽我說，我不是不願意幫妳忙！我在這裡做小二，就是因為我記不得自己的姓名，只記得自己的小字，所以沒法收到人間燒來的錢，我只有在這裡存錢才能去鬼市買我想買的東西！」

我往鬼市那方飄，他一直跟在我身後努力地追。

我吃了神行丸，他追不上，眼見越落越遠，他便拚命喊著：「那是其一，其二，鬼市是可以幫別人買東西，可除非是有親緣關係的！」

我飄得遠了，再也聽不見他的話。此時我回到脫了芷嫣身體的地方，才發現她的身體不見了。

定是墨青帶走了。

我能猜到他要去哪裡，他要去找洛明軒，他或許不知道我變成鬼之後能做些什麼，可他一定猜得到，我要去找洛明軒。

我不再管他，繼續往鬼市裡飄。

攔住那個常年在鬼市找媳婦的老太，我開口便說了自己的生辰八字，隨即道：「我乃處子鬼，願與你兒結親，現在便去把冥婚給我辦了，我只要你家一道聘禮——給我買個還陽丹！」

老太太愣愣地看了我一會兒，隨即一撫掌：「哎呀，好呀，模樣也行，屁股也翹，八字合的，終於為我兒討到一門親了！我有兒媳婦了！」

是啊，妳有兒媳婦了。

生前的我，以為自己打死也不會成親，現在終於死了，到底也是成親了。

第六章　還陽

老太太周氏將她的兒子帶了過來，我打量了那書生一下，他對自己母親唯唯諾諾，大概活著時便一直這般窩囊，連死了也擺脫不了習慣。

周氏問他喜不喜歡我，若是喜歡，就拿我的生辰八字去寫紅書，結陰親，再給我聘禮。

只見周氏問了那書生後，書生怯懦又害羞地看了我一眼，本是嬌滴滴如大姑娘一般的羞澀眼神，待觸到我的目光時，他渾身一顫。

我冷冷地盯著他，在周氏身後張了嘴唇，木著一張臉用唇語示意他：「說喜歡。」

那書生咽了口口水，「喜喜喜……喜歡……」

周氏喜笑顏開，打算牽我的手，我卻躲開了，轉身道：「走，直接去寫紅書。」

周氏很開心，「你看你媳婦兒，比我還著急。」

她一路帶我們走著，絮絮叨叨地說著他們家的過往，說他們生前是鄉里的富戶，行善積德，做了不少好事，唯一不好的就是孩子爹死得早，周氏辛苦拉拔兒子長大，終於考中了秀才，正要去考舉時，村子被一窩土匪搶了，母子兩雙雙亡命。

周氏生前沒什麼別的願望，唯一不甘的就是兒子活著時沒來得及娶媳婦。於是一直在鬼市尋尋覓覓好些時日，挑八字，挑模樣，挑是否是處子，可憐又固執。

現在遇上我，周氏還在挑，「妳就是活得太久了，出生年紀大了些，不過也沒關係，生前是修仙的吧？你們這些修仙人，救人多，殺人也多，不如我兒子福德厚……」

我盯了旁邊一點也不敢抬頭看我的書生，窩囊成這樣，還談什麼福德。

我與他簽了紅書，又與他們去了回魂鋪，到回魂鋪前，周氏問我：「我這裡只夠給妳買一個時辰的還陽丹，妳得先告訴我，妳要還陽做什麼？」

我面不改色地扯謊道：「我生前有個門派，死得突然，沒來得及與手下的人交代，現在我打算在地府成親，想回去做個了斷，順便告訴手底下的人，讓他們給我多燒點紙錢來，以後我拿來照顧妳和妳兒子。妳讓我在人間待久點，我就能讓更多人幫我燒紙錢。」

周氏聽罷：「好吧，那我給妳買兩顆。」

她要進店，我跟隨在她身後，門口青面獠牙的鬼放周氏進去了，卻將我攔在門口，我沒動，周氏連忙回來解釋：「這是我兒媳婦。」

我這才在這對惡人充滿歧視的鬼市當中，第一次踏進了回魂鋪。

周氏與掌櫃的買來兩顆還陽丹，掌櫃在那黑布後面說著：「還陽丹吃了只能還回自己的身體啊，是個什麼模樣我們可不管，咱們只保證還陽不保證品質，骷髏骨架爬不起來，咱們概不負責啊。埋在土裡棺材蓋得緊出不去，咱們也不管啊，時間一到，不管穿著身體去了哪裡，身體消失，自行返回原處，魂歸鬼市繼續當鬼。」

我覺得這鬼市賣得最貴的東西，大概也是他們最不負責任的一個商品了……

不過沒關係，我說了，哪怕是枯骨一副，我也要爬起來殺了洛明軒。

沒等出回魂鋪，不管周氏還想和我說什麼話，我一仰頭，兩顆還陽丹便吞進了肚子裡。

霎時，頭腦眩暈，面前一切開始變得模糊不清，周氏的聲音在我耳邊變成了聲聲嗡鳴，她似在吵著鬧著嫌我吃得太過著急。

胸口陡然升騰起一股撕裂我魂魄的疼痛，撕心裂肺，更比我生前所受的任何傷痛都要難以忍耐。

我緊咬牙關，在渾身顫抖抽搐的時候，我腦子裡只想到了一件事——希望那個小醜八怪沒有把我的棺材釘得太緊。

萬一還陽了卻無法從棺材裡爬出去，那真是鬧了個天大的笑話。

轟，一聲轟鳴下，腦中世界彷彿炸開了一樣，我陷入一片黑暗中。

彷彿我的五感在這一瞬間都消失了，我所有的意識都不復存在，身體猶如漂浮在虛空之中，沉沉浮浮……

不知過了多久，我終於慢慢感覺到天與地的存在，感覺到身體有了重量，感覺到空氣中的絲絲涼意，還嗅到了飄進我鼻腔裡的味道。

不是泥土的腥味，而是一種微妙的清甜……

我猛地睜開眼，所有黑暗盡數退去，面前是一片白茫茫的冰雪世界，風雪化作冰柱從天頂上懸吊而下。

我深深呼吸了一口氣，只覺後背一空，我從牆上掉了下來，四肢無力地摔在地上。

我喘息了片刻，看著地上的手，我抬起一隻手，轉動過來，看了看掌心的紋路，審了審我的膚色，是……我的身體。

是我路招搖，用以威懾天下仙魔的那個身軀。

我沒有化為枯骨！

我一轉頭，但見我背後是一面透骨寒涼的冰牆，冰牆上有一個人形的凹陷，我方才便是在那牆上？或者說……牆裡？

我愕然，且有些懵懂。

怎麼回事？

我不是被墨青埋在塵稷山禁地裡嗎？我不是在那個墳頭上飄了整整五年嗎？為什麼現在我的身體卻在這裡？

沒有化為枯骨，沒有絲毫腐爛……

我在哪裡？這是哪裡？又是誰將我的身體放在了這裡？為什麼放在這裡？怎麼放在這裡的？

我到底……

死了，還是沒死？

無數問題蜂擁而出，我往後一坐，冰涼透骨的寒冷霎時從皮肉傳至大腦，讓我冷靜下來。

不，現在不是思考這些事的時候！

我只有兩個時辰，不管那些問題的答案是什麼，現在我只有一件事要做——讓洛明軒繼續沉睡。

等將洛明軒再次封印，我再慢慢探查我身體的問題。

我站起身，握了握拳頭，我熟悉我身體裡的每一吋經脈，我的氣息，我的血液，我的力量，我所有的驕傲與自豪。

我還穿著當年取萬鈞劍時的衣服，一身張揚、黑紅相間的衣袍，我拍掉肩上的霜，轉了轉脖子，歪著唇角遏制不住地一笑。

面前的冰霜照出了我的模樣，黑髮，黑瞳，周身魔氣四溢，我咬破手指，讓嘴唇染上觸目驚心的紅。

我是魔啊。

讓人聞風喪膽的魔頭路招搖，我好久……都沒活動筋骨了。

第七章　一戰

頭頂是冰封的洞穴，冰凌交錯。不知此處已寒了多少年，也不知崖壁上的冰有多厚，看過去自成一股深邃的藍。

我一邊往外走，一邊重新適應著身體。

我不知身上這股微妙的僵硬是因為冰凍還是死亡，可操縱著氣息在身體裡流轉了一圈，我知道，現在的我相比於全盛時期，恐怕要弱上一半有餘。

沒關係，洛明軒也才剛醒，他比我，怕是也好不到哪裡去，甚至還會更糟。

我每向前走一步，都更適應這個身體一些，越是往前，步幅越大，黑紅相間的大袍子拖在地上，一路搖曳，拖拽出的聲，也越發似我以前走過萬戮門無惡殿時的動靜。

四周的冰凌將我的身影照得破碎，讓這時空彷彿特別混亂，但外界越是混亂，我的腦袋越是清醒地在思考著。

而今洛明軒醒了，金光掃過了大半個仙界治轄之地，可卻沒人知道他在哪裡，我能想像柳蘇若和那幾個仙門的人有多努力地想將洛明軒藏起來。

可是……

他們哪怕能騙過天，也騙不了我。

因為我的封印還在他心口裡，哪怕他們用術法，用別人的生命將洛明軒喚醒，可我的封印還在，非我的力量，不可拔除。

我頓住腳步，微微閉上眼，讓神識透過這不知有多深的冰封洞穴，向外延展，慢慢地，我看見山石泥土，看見外面的風雪森林，看見有冰湖，大雪山，刺目的陽光，隨即，四周景色越退越快，直至成了一片模糊。

唯一清晰的，是那一根黑色的魔氣凝成的線，牽連著我的指尖與洛明軒的心房。

那是我留在他身上的封印，也是他的詛咒。

我陡然睜開眼，「找到你了。」下一刻，瞬行術一動，我四周的寒意霎時褪去，微風輕暖，拂過我的臉頰。

我已立在半空中，下方便是鳳山。金光閃閃的鳴鳳殿依舊有著刺得人眼發疼的光。

我曾以為我這輩子都不會有再到此處來的機會，可見天意，終究不隨我願。

洛明軒便在下方。當年，也是如此，他在鳴鳳殿裡準備迎娶他的妻子，誰都沒想到，路招搖打破了鳴鳳殿上的結界，闖進來毀了他的一切。

自此柳蘇若恨透了我，仙門稱我是世間最惡毒的女魔頭。

我卻聽得高興，越是惡毒的詛咒、咒罵，越是表示他們沒有反抗之力。

手上沒有劍，我凝氣成形，一把黑色的魔劍從我掌心長出，握緊劍柄，我舉劍而起，一聲短喝，長劍劈砍而下，魔氣灌入，與結界金光摩擦撞擊，我感覺到了身體裡久違的力量湧動，衝擊的力量似有高人在幫我點穴，一點一點打通我每一個阻塞的經脈。

氣息在我身體裡流轉越發順暢與快速，我眉目一沉，「破！」

仙門結界似琉璃一般應聲而碎，如下了一場金色的雪。

我便從這場雪裡落在了鳴鳳殿前，裡面急匆匆地跑出來三人——柳蘇若、天機道人還有天璿門主。

見了我，他們皆愣怔了，只呆呆地盯著我，沒有一人記得將手中的法器祭出，與幾年前見了我的模樣相差太多。

我挑了挑眉，「怎麼，厲塵瀾這些年都沒和你們打過架嗎？」

我一開口，他們才似反應過來，一個接一個地呢喃自語：「路招搖……怎麼可能……」

柳蘇若更是渾身顫抖，咬牙切齒地盯著我，眼裡幾乎要噴出怨恨的怒火，「路、招、搖！」

她一字一句地念出我的名字，卻是最先一個祭出法器的人，雄劍刺向我的胸膛，天上雌劍一同飛下。

我冷笑，魔氣一動，手中黑劍化為藤蔓，爬上天空將身後來劍通通一攬，我避也不避面前殺來的柳蘇若，她為了復活洛明軒，已弄得一身殘破，這怒吼著殺來的姿態破綻百出，待行到我身前，我周身氣息一震，徑直將她震出去了三丈遠。

我的魔氣拉拽著她剩餘的八把雌劍，在我身後飄搖，如同我揚在空中的八條尾巴。

在她眼眸裡，我大概笑得一如地獄惡鬼吧。

「還給妳。」

她雙目微瞠。

這三個字她相當熟悉。

一次，是在她婚禮上，她偷襲我，我將雌劍甩進了她的心房；一次，是在鑒心門，我用芷嫣的身體，她這般偷襲我，我又把劍甩了回去。

這次，不用她動手，我自己來。

魔氣拉動雌劍，一同向柳蘇若射去。

我要她的命，因為她知曉復活洛明軒的方法。可眼看著劍尖便要刺入她的皮肉，卻在這時，金光一閃，罩住柳蘇若，撞上金光的雌劍盡數崩裂成了數百片廢鐵。

我眉眼一冷，往旁邊望去，好一個翩翩公子白衣勝雪。他站在鳴鳳殿的臺階上，居高臨下地看著我。

「路招搖，妳當真魔性難馴。」

魔性難馴？

洛明軒說出這句話，不覺得諷刺嗎？

「不忍金仙費心。」我輕撫掌中魔劍，讓劍刃染上我的血液，施以血祭術，看著黑劍更亮，我劍指洛明軒，「這便送你回去長眠。」

身形一動，黑色魔劍直取洛明軒的心房，鏗鏘一聲，劍尖被他身前的金光仙印擋住，我另一隻手曲指為爪，一爪撕了他胸膛前的仙印。洛明軒身形瞬移，登時挪到我身後，手上仙印也半點不客氣地擊上我的後背。

我頭也未轉，背過劍去擋住背心，一聲短喝，將他震開。

正是旋身欲要再戰之際，旁邊倏有兩道仙氣攻來，我心頭怒火大盛，「誰敢阻我！」

我一聲低喝，魔氣滌蕩，卻忽覺腳下仙氣大作，另有兩道與方才不同的仙氣從別的方向襲來，化為鎖鍊，制住我的雙手。

還有另外兩個人？

對了，那日仙門會議，有五個門派是支持復活洛明軒的，這裡有柳蘇若，老頭與壯漢，沒理由另外兩個不在。

就在我腦海閃過這想法之時，我腳下閃過一道金光，刺痛我的眼，在這一瞬，又有兩道鎖鍊窸窣而來，分別套住我的兩隻腳踝，我四肢被困。

彷彿回到了那一年。

我初出茅廬，前來鳳山尋找洛明軒，卻被他以此法陣困住，我在陣中痛苦嘶喊，掙扎求助，難以解脫。

洛明軒也如此時一般冷冷站在遠處，凝視著我，居高臨下地對我宣判死刑。

我一咬牙關，只覺心中翻騰的血與怒根本無法停止。

「洛明軒，你以為你能殺我？」

「初遇之際，我便該殺妳。」他在陣法之外，滿面仙者清冷，「不至於讓妳作亂至此。」

「哈哈哈！」我覺得我聽到了天大的笑話，即便被困住雙手，鎖在這陣法之中，也笑得停不下來，「洛明軒，你這話是不是說反了？」我停下來問他，「初遇之際，該殺了你的，不應該是我嗎？」

洛明軒沉著眉目沒有說話。四周被我方才魔氣震盪出的塵埃褪去，四個仙門的掌門聽聞我這話，面面相覷。

柳蘇若捂著胸膛行至洛明軒身後，「路招搖，我此生盡被妳毀，以前以為妳死了，便也作罷，而今既然妳死而復生，自行送上門來，我便要親自將妳削肉剔骨，方能消我多年之恨！」

她說得咬牙切齒，我在陣中望著她，依舊笑得放肆，「妳來。」

洛明軒攔住她，「蘇若。」

柳蘇若轉頭看他，「明軒，我這一身的傷，半心走火入魔，皆是拜她所賜，不親自手刃她，我心魔難除！」

「哦。」我笑著道，「你們仙門人，也不乾淨嘛。」我動了動手，欲指柳蘇若，可卻立即被一方掌門鎖住了動作，我掃了他一眼，「洛明軒，為魔者惡，你卻如何不先殺了她，以儆效尤，成全你這大公無私的金仙名號！」

「妳這賤人！」柳蘇若聞言，再不顧洛明軒的阻攔，拿著她僅剩的雄劍，直向我衝來，嘴裡是痛恨又淒厲的嘶吼。

我冷眼看著她，見她一腳踏入法陣中，登時歪著嘴角一笑，「真乖。」

我周身魔氣四起，四個仙門掌門用盡全力握住鎖鍊，彷彿要將我分屍，可即便我如今狼狽到如此境地，他們也奈何不了我。

因為我是拚上性命而來，他們卻捨不得以命相搏。

柳蘇若閃至我身前，劍刃刺入我心臟前一刻，我周身魔氣凝成藤蔓旋轉而出，打掉她手上的劍，將她脖子一扭，拉至我身前擋住，魔氣在她脖子與身上游走，隨時可以化作利刃，將她切成一截截，一段段。

「洛明軒。」我喚了他一聲，先操縱魔氣在柳蘇若脖子上劃了一道口子，「我知道你想做什麼，沉睡初醒，內息不足吧？」我繼續道，「你想保留實力，讓這幾個貨色耗掉我的力量，趁我虛弱，再動手殺我。」

我以魔氣不停在柳蘇若身上製造傷痕，每一下都換來她極盡惡毒的咒罵，仙門掌門也不停怒喝著要我住手。

我只望著洛明軒道：「我沒那麼多精力浪費在別人身上，讓他們收了鎖鍊，撤了法陣，然後滾得遠遠的。我要殺你，你要殺我，沒有別人參與，否則……」

「我幫你把這已入魔的夫人殺了如何？」我用手勾起了柳蘇若的下巴，「你們修仙者會不會好奇，入魔的人，心是什麼顏色？要不要我掏她的出來給你們看看？」

魔氣凝成的藤蔓停在了柳蘇若的心口上，緩緩刺入。

柳蘇若大喊：「路招搖，妳要殺便殺，我早就死過了！我不怕妳！路招搖我不怕妳！」

「呵呵……」我輕輕一笑，神情溫柔和煦，「我就喜歡你們這種死也要堅貞的模樣。」

藤蔓刺入她的心口，鮮血湧出，柳蘇若死死咬住牙關，不吭一聲，可我需要她吭聲，於是我讓魔氣在她臉上輕輕一比劃，「或者，妳想讓我先把妳的皮剝下來？」這句話明顯更戳中了她的內心，她一聲悶哼，終是喚得洛明軒開了口。

「住手。」他道，「放她走，我撤法陣。」

哼哼，洛明軒果然沒讓我失望，維持了好一副偽君子的模樣。

「鎖。」我聲色薄涼。

只見困住我四肢的金色鎖鍊收了回去，仙門掌門們憤恨地盯著我，我向著陣法外一步步走去。

柳蘇若感動地喊著：「明軒……」

離法陣的邊緣越來越近，我直直地注視著洛明軒，終於，一步踏出，我離開了法陣。

「信守承諾。」我道，催使魔氣將柳蘇若甩了出去。

然而便在甩出柳蘇若的那一瞬間，洛明軒身影一動，我眸光一凝，極快地與瞬行而來的他過了兩招。

不料此時，四個仙門掌門再次甩出鎖鍊，四條鎖鍊狠狠套住我的腰，將我硬生生地拉回法陣中。

我在法陣中就地一滾，半跪在地上撐著身子忍不住笑開了，「洛明軒，你先前欲殺我，便因我生而為魔，必是極邪極惡之徒，我曾委屈過一陣子，可現在也釋然了。」我盯著他，嘴角還帶著笑，「若天下正道便是你們這般模樣，那我為惡為魔又有何妨。」

「你說對了，你若是正道，我便註定與正道為敵！」

話音一落，我周身魔氣蠻橫而出，既然擺脫不了這些障礙，那我就將障礙盡數掃除，我與洛明軒這一戰，誰也不能阻！

我咬破拇指，在金光法陣中畫出一個邪陣，灌入血液，魔氣橫行，徑直從法陣中凝出一條渾黑巨龍，在地上橫行而過，掃過法陣，與四個仙門掌門鬥在一起。

我震碎腰間鎖鍊，手中再次凝劍，狠狠朝洛明軒砍去。魔氣撞擊金光，震盪出的力量削毀了半個鳴鳳殿。

劍光相接的瞬間，洛明軒開口：「我曾以為能教妳向善。」我腦海裡閃過那麼些山溝裡，他重傷，一言一語告訴我出生不能決定一切的畫面，「妳卻還是救了魔王遺子，建立萬戮門，至今死性不改。」

「呵呵……」我不屑與他解釋，「對啊，我就是這麼壞，你有什麼不滿嗎？」

他手中仙印光輝大作，而此時，下方魔龍與四個仙門掌門鬥至最後，他們盡數到底，魔龍也氣竭消失，我內息一陣空虛，手中魔劍登時散開，被他一掌擊中胸膛，徑直從半空中落下，狠狠砸進地上大石中。

我從大石裡撐起身子，抹掉唇角的血，冷笑道：「你救人便是善，我救人便是惡？你建立門派便是對，我建立門派便是錯？你信仰的叫堅持，我信仰的叫死性不改，這是哪來的道理？」我與他辯，爭奪時間調整內息。

洛明軒眉目一凝，「妳可知妳為何生而為魔？」

我不懂他為何要拋出這種問題，這對我來說根本就不重要，不過我也樂於讓他幫忙拖延時間，我繼續靜心調理自己。

「妳生於魔王封印之地，千年前魔王身死之際，未免血脈不保，遂將遺子封印，藏於那片山脈之中，為護遺子，魔王在那方落下封印陣法，自此山脈中村人盡數為魔氣感染，所有人生而為魔，他們不可出，外人不可進，那便是魔王為了他的遺子，落下的詛咒之地，令村人世世代代，守護他的後人。」我靜靜望著洛明軒，聽他說著，「那就是妳的故鄉。」

「百年前，我得知此封印存在，為除魔王遺子，隻身前去，破開封印，卻被封印重傷，落下懸崖，為妳所救，我以為能使妳一心向善，卻不知，日後待妳出山，卻是第一時間，救了他。

「我被魔王封印所傷，多年未曾痊癒，查到魔王遺子下落，便著十大仙門，合力剷除此禍害，妳卻傷十大仙門數百人，手段殘忍，只為救這遺禍，此後建立萬戮門，屠戮仙門人士，最終將厲塵瀾推上這般境地……這便是妳的天性。」

哦，原來這便是我的身世。

那又如何？

我頭上世世代代便是背負著保護墨青的任務而出生的，但我頭上世世代代都沒能見到他們要保護的那人一眼。反而是我，一出山，一場不經意，就真的保護了命懸一線的他。

洛明軒將此歸結與我天性如此。

不，我覺得，這是天意如此。天意讓我救了墨青，護下了他，與他結緣，直至如今。

至於我的天性，很簡單，八個字——有仇報仇，有怨報怨。

說了要打死你，就一定貫徹到底。

洛明軒手中長劍一起，天法鳳鳴劍終是出鞘，鳳羽般的金光灼人眼球。那便是洛明軒的神劍一斬之下，滅妖祛魔，掃盡天下邪魔之氣。他也站在他正義的立場上，失望地指責我：「為魔，終究是惡。」

他飛身上前，鳳鳴劍清鳴之聲宛似震徹天地，我抬劍急急一擋，身前魔劍立即被他斬為魔氣，我瞬行術一動，閃至鳴鳳殿金瓦之上，可根本沒時間歇息，洛明軒緊隨而至，我險險架住他一招劍勢，卻未擋得住他斜來一掌，直中我的心房。

我被這一掌之力擊飛數丈遠，直到撞上殿前水缸才停下。

一咳，滿嘴血腥味洶湧而出。

洛明軒並未追上前來，只遙遙地站在房頂之上，口中兩個字輕吐而出：「伏魔。」

方才被洛明軒擊中的地方，登時傳來一陣更甚一陣的疼痛，直入心房，刺得我渾身無力。

糟糕……竟是中了他的伏魔印。

此印會不斷撕裂我體內聚集的魔氣，若無比之更強的力量將其衝破，此印便會一直留在我體內，使我永遠無法再使用魔氣。

對以前的我來說，蠻橫衝破便罷了，可現在不行，我沒這個力量，也沒有這個時間……

我咬緊牙關，忍受著劇痛，剛剛一抬頭，但見那方金色身影轉瞬落至我的身前，鳳鳴劍伴隨著他薄涼的嗓音刺向我的心房：「路招搖，而今，還有誰能來護妳？」

沒有了，從我姥爺身死的那一瞬開始，我就只剩一個人了……

「有我。」

耳邊風動，黑影自我身側轉瞬劃過。

我一仰頭，面前黑色衣袍擋在我身前，微風徐來，令他鮫紗的衣袂掃過我的臉頰，洛明軒的鳳銘劍刃停在我心口前，再無法前進一分，墨青的手便這樣輕描淡寫地握著洛明軒的脖子，在他耳邊輕言。

「路招搖，有我來護。」

那般風淡雲輕，似自天邊而來，又如洶湧洪水自我心底湧出。

他的身影，如撐起了我頭頂搖搖欲墜的天空的脊梁。救我於危難，護我於艱險。至此，我無法不相信命運。

原來，真的是天意，世上真的有一人，可以拯救我，從身體直至心靈。

下一瞬間，在洛明軒驚詫的面孔下，墨青手中魔氣大動，只聽一聲炸響，似將洛明軒腦袋炸開了一樣。

但就在那片刻後，洛明軒身影竟出現在十丈遠的鳴鳳殿階梯之上。

墨青手中人影漸漸化作一股金光消失不見。

他抹了一把臉上的血，「魔王……」根本不聽他將話說完，墨青的力量強大得絲毫不講道理，往四周震盪開來。

巨大的壓力從天而降，壓碎了尚且殘存的鳴鳳殿，彷彿有著滔天怒氣，連同洛明軒一起，將除了我與他立足的地方以外盡數毀滅。

裂石，摧山。

天崩地裂中，洛明軒去了哪裡，四個仙門的人去了哪裡，似乎都不再重要，只有我與他所在的這裡，詭異地安穩。

我捂著心口，感覺心臟劇烈的跳動已勝過任何疼痛。

四周那麼混亂，他轉身行至我面前的兩步卻那麼緩慢輕柔，他在我面前蹲下，抬起染了洛明軒鮮血的手，似乎想觸碰我的臉，卻又像是怕將我打碎了一般，只有指尖停在我臉頰上，如蜻蜓點水，他有著毀天滅地的力量，也會因為害怕而小心翼翼。

他的眼中，彷彿有一場更劇烈的山崩地坼。

「路招搖。」

「嗯。」我直視他的雙眼，「是我。」

蒼茫天地，廣袤宇宙，彷彿都寂靜無聲了。

第八章　死鬥

心口一動，疼痛牽扯著我的心臟，讓我神智有幾分迷糊，身體不受控制地往墨青懷裡倒去，直至額頭抵住他的胸膛，眩暈感才消失些許。

對於墨青來說，我身上彷彿有烙鐵般，讓他有些顫抖，扶著我手臂的手掌，似在極力遏制著情緒。

我咬牙，死死壓住喉嚨裡湧上的血腥，「洛明軒還活著……」

他稍一沉默，聲色冰冷地開口：「活不久。」

墨青的手圈過我的身體，溫熱掌心貼在我後背，我只覺他掌心有股力道傳來，轉瞬震碎了我心口之上的伏魔咒，擒住心口的疼痛立即消失。隨之而來的還有專屬於他的力量，溫熱，綿厚，填補了我空蕩蕩的內息。

我額頭抵在他寬厚的胸膛上，忍不住往他頸窩處偏了偏，換了個更舒服的姿勢。

墨青身體微微一僵，流入我體內的氣息陡然一頓，隨即又放鬆下來。

以前從不敢想像，我有一天竟會在戰場上依賴另一人……

忽然間，我察覺到我落在洛明軒心上的封印一遠。

我陡然回神，不行，我只有兩個時辰的時間，方才那一通纏鬥只怕已耗去了一大半，現在不是在此處占墨青便宜的時候！

我咬了咬牙，手撐住墨青的胸膛將他推開，「不能讓他跑了，快追！」

「妳留在這裡。」墨青收回手，起身欲走。

我伸手抓住了他，「我好不容易從地府爬回來，可不是來玩的。」

他唇角一抿，卻是沒再阻止，只將身側萬鈞劍摘下，遞給了我，如同送了我一朵路邊的野花。

我一愣，怔然地仰頭望他。腦海竟不適時宜地想起了我上芷嫣身的某個晚上，那天我對他說，路招搖要回來找他報仇，他卻道，若是路招搖回來，門主之位，拱手相讓。

那時他說得輕描淡寫，我聽得漫不經心，沒想到，他真有這樣的決心……

萬鈞劍意味著什麼他不會不知道，不然當年我也不會把這一條命搭在這把劍上了。

「萬鈞劍認主。」我道，「我用不了。」

「它可護妳。」

只為護我？我這僅餘半個時辰的性命，何足讓他如此相護……

墨青見我沒接，轉而將萬鈞劍佩在我腰間。五年前，我穿這身衣裳去劍塚取劍，當時沒取到，而今卻是陰差陽錯地佩上了這劍，而這心境，到底不如當時了。

真是令人……不勝感喟。

我壓下心頭情緒，閉上眼靜靜感受洛明軒逃去的方向，我一睜眼，握上墨青的手腕，瞬行之後，在一片茂林間攔住了洛明軒。

只見他抱著柳蘇若，臉上血跡遍布，身後跟著的四名仙門掌門同樣狼狽。見了我，洛明軒眸光一緊，想再起瞬行術。在他行動的瞬間，天上地面同時閃過一道巨大的黑色法陣，洛明軒一聲悶哼，是法力被阻擋的反噬之痛。

我轉頭看了墨青一眼，「幹得漂亮。」這些仙門的傢伙，動不動就拿法陣來壓咱們，真以為咱們不會來這招嗎，「你對付那四個，洛明軒交給我。」

我話音剛落，那四名掌門便立即被一道地上鑽出的魔氣纏住，魔氣灌入他們口鼻之中，讓他們控制不住地胡亂扭動著，儼然一副入魔的神情。

我看得愣怔，愣然於墨青動作之快。

在他們的痛苦嘶喊中，墨青的聲音在我耳邊沉穩響起：「他們已不足為患。」

他轉頭看我，「剩下的，我與妳一起面對。」

墨青……你真是，怎麼能在這種情況讓我感覺，我像是在被人寵著呢……

你這樣玩，讓我這個昔日門主的威風，往哪裡去耍？

見我不答話，他沉凝了片刻又道：「這四個掌門因與妳相鬥，方力竭至此，如此容易被我控制。」

啊……原來是在心裡偷偷琢磨著給我鋪臺階，讓我下呢……

我忍不住輕聲一笑，不由想起那麼多年前，我以為早已忘了的那些細節。

在我救了墨青的那一路奔波之上，我向他炫耀我的武功身法，卻不小心地摔了極難看的一跤，出了大醜。我覺得難堪，便趴在地上不起來。

那時的他，小小的一個人，蹲在我身邊，幫我找盡了藉口，說了不知道多少關於他自己的糗事，只為了不讓我難堪。

知我爭強，曉我好勝，便竭盡全力地維護我那過分驕傲的心。

以前心大，從未覺得被人如此對待有甚稀奇，而今一品，方才知曉，當年的墨青是用了多大的力氣在溫柔待我。至此，方才能體會一二，當我與他說，我要離開他，去找洛明軒的時候，他有多麼地難過絕望，暗淡的目光又多麼——

令人心疼。

我轉念一想……瞪著洛明軒，將心頭的愧疚怪到他身上。

總之，都是他的錯！

這時，洛明軒倏然揮動鳳鳴劍，清音一起，大地微顫，我仰頭一望，只見不遠處鳳山山坳之間，有一聲響徹天地的清啼傳來。

那如太陽一般在山間徐徐而升的神鳥看得我愕然不已。

曾經聽聞鳳山有鳳棲之，可這種神獸，從來都只是傳說，誰曾想，竟然真的存在！

墨青皺著眉，似乎也沒料到對方有此招數，我欲解下萬鈞劍給他，「這鳥沒打過，不知道好不好揍，你還是先把劍拿回……」墨青壓住我的手，可沒聽他開口，便聽洛明軒輕聲一笑。

這聲笑卻讓他嘴角溢出血來，他壓住嘴角的血，想來是召出這神鳳，已耗光了他所有力量。

「路招搖，妳不過是想來找我報妳親人的仇罷了。」

我抬眸望他。

「妳若真要報仇，不若去找這鳳凰。」他也直直地盯著我，「被魔王封印所傷之後，我傷勢一直未曾恢復，當年來救你的那老人，也是被我召出的神鳳，燒了個乾淨。」

我手背上的青筋驀地暴起，我握住萬鈞劍劍柄，只覺喉頭一股腥氣翻湧，不顧萬鈞劍上的排斥感，我拔劍出鞘，向洛明軒斬去。

他必須死！

墨青身影在我身側一晃，可頭頂的灼熱呼嘯而過，神鳳周身的烈焰未曾貼地，便將整片茂林化為一片火海。

烈焰似我心頭怒火，萬鈞劍與鳳鳴劍對撞，致使周遭烈焰被一股至強的氣流吹滅，可待天上神鳳再來，火焰便又灼灼燃起，連大地也被熱焰烤出一道道乾裂之痕。

便是這一時飛過之後，神鳳立時沖天而起，不再落下，墨青也消失了蹤影，我知曉，他定是幫我引開神鳳去了。

洛明軒傷重，根本不足以傷到我，可我而言唯一的難題是，如何再將劍刺進他的心房！

我一劍劈砍向他的心房，萬鈞劍的劍氣使他胸膛上護體仙印微微裂出一道縫隙，柳蘇若也被他丟在了一旁。

與此同時，我也遭到了來自萬鈞劍的抵觸，它周身傳來的力道，震得我虎口發麻，幾乎握不住劍柄。但我不能在這裡放掉，再一擊，只要再一擊，我便能砍碎洛明軒的護體仙印！

我咬緊牙關，死死握住萬鈞劍，「你乖一點。」我告訴它，「你乖一點，說不定以後我還可以做你女主人！」

我不知道萬鈞劍聽不聽得懂這種話，我只待方才那一擊的抵抗過去後，再次握緊它，瞬行朝洛明軒而去。

一劈一砍，劍刃垂直從他心口前斬下，洛明軒一聲悶哼，被劍氣殺得猛地向後倒去，同一瞬間，他的護體仙印也應聲而破！

我大喜之際，萬鈞劍猛地爆出劇烈的反抗，震裂我的虎口，令我手腕一陣發麻，我握不住它，索性將它丟掉了去。

而今洛明軒已是強弩之末，哪怕沒有萬鈞劍，只要憑著蠻力，用他那把鳳鳴劍刺進他胸膛，再加點我的魔血，要封印他也不是不可能！

我的時間，也不多了。

我飛身撲上去，與他做最後的纏鬥。

我將他的左手狠狠摁在地上，另一隻手欲搶奪他的鳳鳴劍，拚盡所有力量，將他的手腕彎折，欲用他的劍去刺入他的心房。

洛明軒也以最後的殘餘力量與我抗衡著。

忽然之間，我覺得心頭一慌，心臟跳動停了一瞬，我很清楚這種感受，這是每次我在芷嫣身體裡，即將離魂時的感受。

可不行……

我怎麼能失敗在最後的這一點上！

然而心臟的脫力感讓我光是要保持姿勢就已費盡力氣，我根本無法讓劍刃刺進他的胸膛！

我不甘心……我……

我餘光一閃，但見身側趴在地上的柳蘇若猛地爬了起來，握著她僅餘的雌劍，拚盡她所有的力氣，撲向我的後背。

倏然，我心生一計，待她一劍扎下之際，我將身體裡的所有力量盡數放掉，如一個沒修煉過的凡人一樣，任由她的劍刺穿我的身體，直至劍刃沒入洛明軒的心口。

我的血液順著她的劍刃落到洛明軒的心口中，只見洛明軒臉色變得慘白，我低聲吟誦封印咒語。

聽到我的聲音，柳蘇若倏爾如同瘋了一般，也忘了拔劍，直接捂住耳朵，大喊：「不！不！妳住口！」

她記得，洛明軒更是記得，當年在他們的婚禮上，我便是吟唱了這段咒文，讓洛明軒永遠沉睡。每一字，每一句，每一個停頓，皆是讓洛明軒身體更加僵硬一分，直至最後，他雙眼完全閉上，呼吸變成沉睡一般地微弱。

「啊啊啊啊！」柳蘇若在我身後淒聲尖叫。

她什麼話都說不出來，彷彿除了尖叫，沒有別的言語了。

而我則帶著她的雌劍，任由她的劍刃在將我穿了個透心涼，我坐在洛明軒身上，轉頭望著柳蘇若：「好了，鬧劇結束了。」

是她親手，殺了他。

一切又回到了原點。

洛明軒繼續他的沉睡，柳蘇若繼續她的瘋狂，只是天空之上，雲端之中，猛地一個烈焰暴烈，伴隨著一聲淒厲鳳鳴，天色一片血紅，也不知是被烈焰灼燒，還是被鳳血染紅。

我仰望著天，隨即看著一人帶著血與火從天而降，柳蘇若刺耳的尖叫在我身側消失，她的氣息被天上砸落的火焰抹滅，身死此處。

我從洛明軒的身上站起，搖搖晃晃，向墨青走去。

一身黑紅華服，襯著漫天落火，我這個樣子，約莫很像傳說中的厲鬼吧，要不然，何至於強大到能空手炸鳳凰的墨青，都懼怕到這種地步。

滿目血絲，滿臉蒼白。

「墨青。」我喚他的名字，伸出手去，撫上他的臉，與他告狀，「你那萬鈞劍，真他娘地不聽話。」我捏住他的下巴，穿過我胸膛的劍刃抵住了他的胸膛，「不像你……」

我將他的下巴捏住，拉了下來，隨即吻了上去。

咬住他顫抖冰涼的唇瓣。

不像你……

對我那麼好……好到……讓我離開時，心比被刺透了，還疼。

「我時間到了。」我放開他，後退了一步，「你別哭啊。」

你別哭啊，我已經死過了，你別那麼難過了……

我再無力操控身體，魂魄離體，猛地向後仰倒而去，我只見得墨青穿過我的魂魄，去拉那個倒下的身軀。

「路招搖！」

他又這般喚我的名字了。驚慌、無助、不知所措，像個孩子。可他一喚，那個身體卻像被打碎了一樣，與天上落下的火焰一樣，化作點點血光，嘭一聲，消失，飄上天際，不知散去何方。

「路招搖！妳回來！」

我轉頭看他，想去觸碰他的身體，可緊接著，我的眼前便是猛地一黑，神識消失，一切彷彿不再存在……

第九章　負債累累

我在一片虛空之中飄蕩，不知飄了多久，耳邊雜音一般的嗡鳴聲才稍稍平緩。

「……瓊……路瓊路……瓊！」

有個中年男子的聲音在我耳邊不停響著，伴隨著他的聲音，我只覺身體猛地往下一落，在墜落的過程中，像碎片一樣散在我身側的記憶盡數回到腦中。

我睜開了眼。

面前是一張蓄著山羊鬍子的小胖子鬼蒼白的臉。

「路瓊！」他一聲大喊，我往後一飄，身體是熟悉的輕盈感，那些身體受傷的疼痛盡數消失，我又回到了鬼市。

「不要叫我路瓊。」

聽到窮字就煩。

我揉了揉額頭，覺得還有點頭暈，回憶起片刻前還發生在眼前的戰鬥，我只覺得鬼市的清冷安寧簡直像是兩個世界……

啊，本來就是兩個世界。

我在這個世界，而另一個世界裡，是正在哭鼻子的小醜八怪。

一想到我消失前，墨青那驚惶無措的模樣，我心頭一緊，喉頭微哽，似有苦澀的味道。

但細細一想，我又有點不明白，我以前明明對他那麼壞，不過就只救了他一命，後來我又將他丟在塵稷山的破廟裡，又是打發他去看門，這麼多年以來，未曾給予他任何關心愛護，他為什麼還這麼喜歡我呢？

哪來可以藏在心裡這麼多年的深愛？

這麼全心全意地去喜歡一個人，就不怕……自己傷心嗎？就不會……心疼自己嗎？

我拍了拍心口，覺得身為一隻鬼，居然還有心疼的感覺，簡直不應該。

「回魂了就好，這麼半天不回來，我還以為還陽丹出了什麼問題呢。」小胖子鬼抱著算盤在我面前給我算了算，「妳耽誤了一點時間啊，雖然不多，但差價妳還是要補，按照妳的身價算下來，總共一萬三千錢，記得去補上。」

一講到錢，我腦中的那些感性通通沒了。

我一轉頭，盯著小胖子，與他理論：「我耽擱的時間連件衣服也不夠扒！再有了，你們這還陽丹我買了，不就該是我的了嗎，我吃了，我能耽誤時間是我的本事，你還找我補差價是怎麼個道理？不補！」

我撂了話，繞過小胖子往外面飄。

小胖子又滴溜溜地追出來攔我，「不補？不補妳以後燒來的紙錢拿到的更少！買東西更貴！妳補不補！」

我……我真是……

我在現世劈山裂石，殺金仙，燒鳳凰，面對生死之戰都沒有現在面對這討債鬼這般無力。

這群鬼市的妖魔鬼怪簡直就是一群只講自己道理的強盜！

「我還沒與你們理論呢！」我怒道，「我吃個還陽丹，再死的時候，為什麼我的身體就那麼飄忽忽地消失了！你讓看見我又死一次的人怎麼想？」

你們讓……小醜八怪怎麼想？

抓不住，喚不回，他會不會以為，是他哪裡不小心，所以將我弄壞了？

「呵呵，那是咱們還陽丹的特別效果，就是為了讓你們這些花大價錢還陽後的人，去找到生前熟人時，最後給他們留下一個華麗的印象！」小胖子道，「咱們回魂鋪研究了好久的成果呢，妳還嫌棄。」

「……」

所以他們讓死了的人回魂，然後跑到自己親人面前，一家人正痛哭流涕地聊著天時，死人直接在那些活人的面前炸了……當煙花看嗎？

是，那印象應該是滿深刻的。

可他們覺得活人會很高興？這些鬼的想法我是不懂了。

「那我的身體呢？」我問他，「就那麼沒了？」

小胖子顯得有點不耐煩：「妳買藥的時候不是跟妳說過了嗎？還陽丹時辰一到，無論身在何處，自動回魂，魂歸魂處，身歸身處……喂，妳到底補不補錢！」

原來……我的身體又回到了那個冰雪洞窟中了嗎……

我垂眸沉思，隨口丟了小胖子一句：「周氏買的藥，你們找周氏補。我是周氏兒媳婦，你記她帳上。」我如此一說，小胖子鬼想了想，算是饒過了我，將帳記在了周氏頭上。

我往旁邊一瞅，回魂鋪裡還是我之前來時的模樣，可周氏與她那窩囊兒子都不見了蹤影，「他們呢？」

「不知道。」小胖子一邊記一邊嘀咕，「走之前說是要趁妳不在，拿妳八字去查查妳的過往。」他往櫃檯後面走。

要查我的過往，應當是去了大陰地府錢鋪了吧，也不知道他們看了我的過往，會不會嚇得直接來找我退親？不過退了也好，本來也就是拿他們當個買還陽丹的跳板，他們不退，我還得自己退呢。

洛明軒的事解決了，我不再需要還陽丹，唯一需要的，就是去找到我那不知道被藏在哪裡，生死不明的身體……

現在，我應該飄回塵稷山，去找芷嫣，上了她的身，然後再去找墨青，安撫安撫他，接著讓他一同與我去找身體。

搞不好，以後不用這鬼市的還陽丹，我就可以自己還個魂呢。

我一邊尋思著自己的身體到底在何處，一邊飄出了回魂鋪，而剛飄到大街上，我便發現這街上……與平日有些不同。

天將亮未亮，鬼市卻依舊熱鬧，大街之上飄著的鬼熙熙攘攘，沒多少聲音，可買賣的鬼比平時多了許多，還出現很多新面孔。

我心頭奇怪，難道這哪個國家在打仗嗎？我不過才離開這麼一會兒，怎麼多了這麼多鬼？

我尚在好奇，卻有鬼飄到我面前，將我一攔。

我抬眸一看，卻是周氏，她怒氣沖沖地瞪著我，滿目痛恨，我一怔，心道：難道周氏這麼快便發現我將那帳賴到她頭上，來找我算帳了？

那也不該氣成這副德行啊，對我來說的一萬三千錢，對她來說應該也沒多少吧？

「娘親……娘親……」她的窩囊兒子連連在後面追了上來，意圖拉住周氏，在見到我之後，他慘白的臉上染了兩抹紅暈，羞答答地轉了頭過去，小聲道，「算……算了……」

「什麼算了！」周氏一把將他拂開，人老背駝，可氣勢半點不含糊，她指了我的鼻子，怒氣沖天地指責我，「說！妳為什麼要這麼做！」

「何必動火嘛。」我解釋道，「妳把妳名字報給我，回頭我找人給妳燒紙錢，將記在妳帳上的錢給妳補上便是。」

「什麼?妳還將什麼帳記在了我名下?」周氏更怒。

我也覺得莫名，「妳說的不是記帳的事?」我望著她，「那妳氣什麼?」

周氏將手中的鏡子啪地一下摔在地上，這鏡子品質倒是頗好，並未裂開，她氣得發抖，「妳為什麼要騙我!老身在這鬼市尋尋覓覓這麼多年!就是想為兒子討一個乾淨的兒媳婦!妳卻拿這種事來騙我!」

我越發莫名，伸手要去撿那鏡子時，後面卻突然衝來一隻乾瘦的小鬼，連拖帶搶地將那面鏡子搶走了，隨即拿在手裡拍了拍又吹了吹，彷彿萬分寶貝的模樣。

「老太婆，竟敢搶我大陰地府錢鋪的東西，妳知道後果嗎?」

書生連忙在身後給那乾瘦小鬼賠不是，「我娘一時氣急，這便還給您，還給您……」

小民的拉扯最是耽誤時間，還惹人笑話，整個鬼市都安安靜靜，唯獨此處吵鬧，沒一會兒，所有的鬼幾乎都飄到這邊看熱鬧了。

我咳了一聲，本想趁著周氏不開心，趕緊將這門親事退了，哪曾想我還沒開口，周氏便道：「妳現在便與我一起去將綠書寫了！」

咦？

紅書和，綠書離，她這個提議倒是甚合我心，只是本來我想踹了她兒子，現在她先提出這話，倒像是她家將我休了似的……我得問清楚緣由才行。

書生在旁邊聽了這話，卻比我更著急，他一把抓住周氏的手，「娘親！不可……」

「有何不可！」周氏大怒，「我兒福德深厚，自配得上這世上最好的姑娘！何必撿這……這……」她最後還是沒將嘴裡的詞說出口，只恨鐵不成鋼地拉了他兒子，咬牙細聲道，「為娘給你挑了這麼多年！你怎麼就看上了這個與他人有過夫妻之實的姑娘！」

我愣住了。

什麼？

「老太婆，在我路招搖面前胡亂造謠說我壞話的人，都不知投過多少次胎了，哪怕妳已經死了，說話也得注意些。」

「注什麼意！」周氏將那乾瘦小鬼拽了回來，又是一把搶了他手中的鏡子，不顧那小鬼在旁邊嘰嘰喳喳地要打她，將鏡子舉給我看，「妳自己看！這寫的是什麼！路招搖何年何月與何時何地同何人在一起做了何事！我老臉薄！念不出口！妳自己看！」

她將鏡子推給我，我連忙伸手接住，和著那小鬼的刺耳尖叫、老婦的哭天搶地與書生的左右勸和，無數的吵鬧聲與鏡子上的字一同闖入我的腦海中。

我看著這幾行字，又好像不認識這些字了一樣，我瞇著眼看，瞪著眼看，左邊看看，右邊看看，看來看去，覺得這鏡子上傳達的消息，我竟怎麼都理解不了——

「辛丑年十月初三，塵稷山萬戮門前山牌坊之下，路招搖強迫門徒厲塵瀾，一夜交歡，行徑粗魯，動作野蠻，得一夜舒坦，謂強暴之罪。」

什麼？我與厲塵瀾？

一夜幹什麼了？還粗魯？還野蠻？舒坦？誰舒坦？我嗎？最後那是個什麼罪？

什麼亂七八糟的東西！

我拿著鏡子心裡有點不解也有點著急，我問周氏：「這什麼東西！我路招搖殺人放火的罪，你們給我安上我都認了，這什麼鬼扯呢！」

我和墨青？我強了他？

這誰記的？絕對是在逗我吧？

那方三人鬧得正大，沒空理我，我便又抱著鏡子瞅了許久，久到幾乎將這些字都看穿了去，終於在鬼市巡邏的鬼衙役都跑了過來，那三鬼也算鬧騰完了，衙役抓住了周氏，也扣住了書生。

小鬼跳起來，一把將鏡子從我手中搶去。

背後有衙役欲來抓我，可手卻從我身體裡穿了過去，最後是他們在我手上扣上了一種鐵索，將我扣了。

我也就愣愣地讓他們扣了，一點也沒覺得要反抗，因為……我還在混亂中。

小鬼惡狠狠地將我與周氏和那書生一同瞪了一遍，指著我們罵：「你們擾亂公務！通通該抓起來關禁閉！」最後他盯著我，「妳還偷看了生前訊息！妳給我補錢！路招搖，十萬錢，妳補不上我就把妳一直關著！」

我只覺面前一切，太荒唐了。

這做鬼的世界，遠比做人的世界難理解多了……

忽然間……我竟覺得，與洛明軒你死我活的戰鬥，竟比現在這種狀況來得輕鬆一些……

第十章　地牢

我被套著鎖鍊，關到了鬼市地下的陰鬼地牢中。

牢裡空空蕩蕩，畢竟……大家都做鬼了，也沒必要鬧事讓自己被抓。

我與周氏母子分別被關在臨近的三個牢房裡，他們在我對面，跟我大眼瞪小眼瞪，而我也瞪著他們，不是因為對他們有什麼意見，而是我想的事太多，已經沒空去移開視線了……

辛丑年十月初三，這個時間我很熟悉。

之所以說「熟悉」而不是「記得」，是因為在我漫長的記憶裡，我所記得的是一個與之相差不遠的時間——辛丑年九月廿三，那是我第一次「殺」了洛明軒的日子。

遙想當年，也與前不久一樣，我與洛明軒打得驚天動地，只是那時我身邊並沒有墨青幫我，洛明軒也沒來得及召喚神鳳。

在幾乎同歸於盡的一戰後，我封印了他，隨即也陷入了昏迷，被暗羅衛扛回了萬戮門。

那是顧晗光對我來說最好用的一段時間，他幫我治了七天的傷，七天時間，前三天我不停地吐血，吐到第四天，沒有血可以吐了，改陷入昏迷，幾度與閻王握手，最後到第七天，在顧晗光竭力搶救下，我終於醒了，與閻王擦肩而過。

醒來當下，我立即會意到——大仇得報時，人生何等得意！

我不顧司馬容勸阻，不管顧晗光如何指著我破口大罵，我裹著一身的繃帶，在萬戮門一擺宴席，大宴天下三天三夜，甚至高興到給十大仙門的人發了請帖。

雖然仙門沒人領情，可魔道中人基本都到的差不多了，算是自老魔王去世以來，最大的一場盛宴。

我飲了千樽酒，大醉三天三夜，讓身體與意識都處在麻痹的狀態，直至現在，我都想不起來那三天裡，我到底做了什麼。

只記得滿心狂喜，像要把天掀翻了一樣高興，大醉三天後，又昏睡了幾乎大半個月。

等我醒後，看見的是正在修房頂的無惡殿，房頂大概是在半個月前被醉酒的我掀的。

聽司馬容轉述，那三天中，我成了人見人怕的酒瘋子，做了非常多匪夷所思的事。因那些事太過荒唐，極損我的威嚴，我便號令下去不得再提起那幾日之事。

然而，我卻不知道在一堆荒唐事裡，居然有一場是……做了墨青？

這事完全沒有人和我提過啊！

是司馬容幫墨青掩護了？還是根本沒人知道？

我細細琢磨，覺得後者的可能性較大。

那時萬戮門前山山門牌坊下，有我以前畫的殺陣，冰天雪地，熔岩火海，刀山劍林輪番上陣，環境惡劣得無法想像，那時還立著高高的掛屍柱，誰都不願意去那裡。

即便是宴會，賓客來了後，齊聚無惡殿，山門前該是怎樣就是怎樣，陣法一如往常，山頂的篝火通明與山腳並沒有關係。或許更因為宴會，大家都想著怎麼玩，根本無人關心山腳處。

除了……看門人墨青。

他一人待著，不會有旁人，即便我去了，我身邊應該也沒人跟著，因為……

我是要強人啊！又不是殺人！不脫衣服怎麼辦事？

既然要脫衣服，必定得花點時間，有那功夫，旁邊若跟著人，怎麼也得將我按下了。

沒人攔，之後也沒聽到半點風聲，定是他孤零零地看門，看著看著，就被我賊兮兮地偷襲了。

「唉……」我不由自主地深深嘆息，惆悵地抱住了頭。

當年……會是什麼樣的畫面呢？我在夜裡，和著山門前陣法的凜冽殺氣，在那階……階梯之上，將人推倒了嗎？

我皺著眉努力回想，真是一點畫面都記不得了。

那時的他還滿臉青痕，整天將自己罩在黑色大袍子裡，不讓人看見他的臉。

我扒開他的袍子，他有沒有急得哭出來？還是錯愕呢？我有吻過他的唇嗎？有撫摸他的胸膛嗎？他又會是什麼表情呢？害羞？難過？欲拒還迎？還是抵死掙扎？

啊……真想看看那時的墨青啊。

我抓了抓腦袋，好氣人！怎麼能忘了他在我身下承歡的模樣呢！

我又狠狠嘆了一聲，緊接著腦袋裡突然冒出一個很恐怖的猜想——我是本來就記不得這件事嗎？還是說，在我做鬼之後，我的記憶開始漸漸衰退，所以把這件事情忘了？

此念一起，心口止不住地發寒。

我開始掰著手指頭數那段時間之後又發生了什麼事，然而越是數，我便越是按捺不住內心的恐懼。

我知道，即便是活人，關於過往的回憶，本來就是隨著時間的流逝而漸漸消失的，但我卻分不清楚哪些是我活著時就忘了的事，哪些是我死後才忘的。

越想越混亂，我眉頭緊蹙。

「招……招搖……」書生輕輕喊我的名字，「妳別怕……現在外面天亮了，衙役也都歇了，等到天黑後，就會有人來問了。我們沒惹什麼事，他們不會為難我們的，妳、妳的錢我幫妳補……」

周氏在他旁邊的牢裡，聞言大怒：「我的兒！她騙你欺你，你讓她被關在這裡罷了，還幫她補什麼錢！她欠咱們的，還得讓她還回來，那兩顆還陽丹的錢，得讓她補上！」

好嘛，我殺一個洛明軒，到地府來還欠了一屁股債。

「娘……」書生極是害羞地與他娘說，「好……好歹也是緣分一場。」

「你就是被她這狐媚模樣迷了心魂去！」

我覺得他娘說得在理，與他道：「你現在先幫我把錢補了，回頭咱們出去也把綠書寫了，你的錢我會讓人燒給你，你們不用著急，我路招搖不喜歡別人欠我，自是不喜歡欠著別人。」

書生聽罷，似相當委屈，可平時是窩囊慣了，也只得乖乖地應了聲：「好。」

那周氏卻是不答應：「出去？我怎麼知道妳會跑哪裡去？」

我斜斜瞥了她一眼，「不然妳待如何？」

周氏眼珠子一轉，「綠書先不急寫，妳把錢補上了再寫，有紅書在，我還能找得到妳。」

也行，讓周氏有個保障，也省得她繼續吵鬧。

與周氏談妥後，我便自行在牢裡打坐，靜心靜氣，調整自己的氣息，可越是調整，腦子裡就越冒出小醜八怪的模樣。

他現在在幹什麼呢？回塵稷山了嗎？在找我嗎？我就那樣消失了，他會不會以為是我魂飛魄散，再也不見了……

如果他這樣想，那得有多難過？

時至深夜，我一直等著前來審訊的人，可沒將他們等到，倒是將子遊等了過來。

他急急飄到我面前，貼著鐵牢心急地道：「我方才聽說阿姐妳被扣進地牢了，妳還好嗎？」

「沒什麼大礙。」我問他，「你可知我還有多久才能出去？」

子遊往外面望了一眼，「我打聽了一下，那個錢鋪分鋪的掌櫃好似有點生氣，要將你們關上三天再審呢。」

三天？

這可不行，我三天沒音訊，別說小醜八怪，芷嫣也該著急了。

我沉凝道：「給他塞點錢能讓我早些出去，行得通嗎？」

「是可以試試，不過……阿姐，妳有那麼多錢嗎？」

我沉默下來，然後望向子遊，微微一笑，「好弟弟，前些日子姐姐忙著去幹大事，所以才急著叫你幫忙買還陽丹，你別怪我。」

子遊往後退了退，「阿姐……妳有話直說。」

「你現在去買個托夢丹吞了，幫我托夢給一個叫琴芷嫣的，讓她燒紙錢給我……不對，你直接托夢給那個叫厲塵瀾的吧，就說……唔……」若是讓墨青知道我被鬼抓來關大牢了，好似有幾分丟面子，於是我隨口扯道，「你就跟他說，路招搖惹上了婚債，要拿錢換和離書，不然就回不去了，讓他多燒點紙錢給我。這件事你能幫忙嗎？」

「托夢丹可以的，我這就去辦，明天來給妳報信。」子遊好似因為上次我讓他幫忙，而他沒有幫到，所以心頭有愧一樣，聽了我的託付，立刻就往外飄。

飄了一段後，像是想到了什麼，又轉身飄了回來，

「阿姐，其實有件事我早就想和妳說了，只是之前一直不確定，但現在看妳手上這鎖，我大概是有點確定了。」

我疑惑地看了看手上的鎖鍊，「何事？」

「我覺得……阿姐妳可能還是個生魂呢。」

我一愣，「生魂？」

那方母子聞言，也很驚訝地問：「生魂如何能見著我們？」

「是能見著，可不一定能摸著不是嗎？」子遊道，「之前我沒有摸到過妳，徇役必定也是摸不著妳，才給妳套上了鎖，牽妳過來。」

對，其實我先前也發現了，鬼市的人摸不到我，但芷嫣可以，而芷嫣絕對是生魂沒錯，她卻可以碰到我。

子遊其實只要輕輕一提點，我就能將這些事串聯起來了。

我那在不知名的冰牆上掛著的身體，或許和芷嫣的身體一樣，都是活著的呢，只是我的身體不似芷嫣這般充滿生機，更接近「死」的狀態，所以我能比芷嫣看到更多鬼魂。

「如果阿姐妳真是生魂，那妳可得注意一下了。」

「注意什麼？」

「鬼市的東西，可別再亂吃了，尤其是還陽丹、托夢丹之類的藥。」

我一怔，突然想起先前從回魂鋪裡出來時，看見街上多了很多鬼的事，「是因為……越吃，就離死越近嗎？」

子遊嚴肅地點點頭，「越吃，和陽間就隔得越遠，也越是回不去。阿姐，妳既是生魂，妳的身體肯定在人世某處藏著的，若能找到妳的身體，直接躺進去，說不定可以就此回魂呢。但如果吃多了鬼市的東西，可就說不定了，妳得小心些。」

我心頭升起一股恐懼。

原來，鬼市不是一夜之間添了那麼多鬼，而是一直都有那麼多，只是我能看見的有限。如同芷嫣，她只能看見我而不能看見其他鬼一樣。

我的眼睛，也有界限，只是我一直不知道罷了。

第十一章　一夜盡歡

我在地牢裡等子遊歸來。

本以為他去托個夢托不了多久，這一等又是等了一整天，到第二天晚上，子遊才飄了過來。

他到了我的牢前，神色如昨日一般焦急，「我方才聽說阿姐妳被扣進地牢了，妳還好嗎？」

我望著他，有點愣神。

昨天……他是不是也說了差不多的話？

我望向他身後，看著周氏母子，他們都是一副靜默不言的模樣。

「我沒事。」我答了子遊的話，隨即沉默著細細探看他。

子遊長舒一口氣，神色與昨日無異，他道：「我打聽了一下，那個錢鋪分鋪的掌櫃好似有點生氣，要將你們關上三天再審呢。」

「嗯。」

面對我有點遲緩的反應，子遊許是覺得我在生他的氣，撓了撓頭，相當不好意思道：「阿姐，我那日不是不想幫你，真的是因為還陽丹對我來說……我著實是沒辦法。」他頓了頓，一聲嘆息。

「跟妳說實話吧，我近來記事有些模糊，大概是日子要到了，我想在最後離開之前，湊錢去大陰地府錢鋪看看自己的生前過往，我想知道我到底叫什麼名字、我從哪裡來、我以前都做過什麼、認識過什麼人……這樣，就算下一刻失去了所有記憶，我也沒有遺憾了。」他眸光單純地望著我，「我的錢剛好攢到能去看一次過往，所以……」

「我沒有怪你。」我截了他的話，卻也不知道有什麼別的話可說。當他坦然地說出這些事時，他好像並不需要我的安慰，於是我便也只重複道，「我沒有怪你。」

他那麼需要錢，昨日還答應幫我去買個托夢丹，幫我托夢……

我唇角微微一抿，再也無法像昨日那般輕易說出請他幫忙的話了。

「待在這地牢裡也沒什麼不好。」我道，「滿安靜的，待著舒坦，我還想讓他們再多關我幾日呢。」

聽我這樣說，他才稍稍放下心來。我催他回店裡幹活，他終是轉身要走，可瞥了我手上的鎖鍊一眼，又轉身回來，將昨日他與我說過的他那些猜測又說了一遍，最後才晃悠悠地離開。

看著子遊飄遠後，我好一會兒沒回神。

「招……路姑娘。」書生怯怯地喚我，「這都是很正常的事，如同人的生老病死一樣，妳莫要傷心了。」

「小書生。」

「啊？」他愣了一會兒，羞澀地應了，「怎麼……」

「等明天審完出去，你再借我一筆錢如何？」我看了看自己半透明的掌心，「我想知道我到底有沒有忘記過去的事。」

做鬼真是件奇妙的事，看著眼前的世界，卻永遠不知道眼前世界最完整的模樣，忘記了過去的事，卻永遠不知道自己忘了。

關了三天，一頓不鹹不淡的審問，因著我們三隻鬼也沒犯什麼大事，在書生幫我交了所有費用後，就被放了出來。

我領著書生去了大陰地府錢鋪，周氏倒也沒攔著，繼續在鬼市裡飄來飄去，尋找下一個兒媳婦。

我閒來無事，問了書生一句：「你到底想不想討媳婦？」

書生又羞澀地撓了撓頭，「討不討媳婦其實不重要，每隻鬼都需要一個讓自己繼續留戀這世間的理由，我娘想讓我討個媳婦，而我……只想讓我娘如願以償。此生沒機會盡孝，唯有一直陪著她，完成她最後的心願。因為誰知來生，還有無機會再見……」

誰知來生……還有無機會再見嗎……

我一垂眸，飄入了大陰地府錢鋪。

在鋪裡小鬼的戒備瞪視下，書生幫我付了錢，我拿到了那面小鏡子。

鏡子上寫著一行行的字，與昨日我在大陰地府錢鋪外看的鏡子不同，鏡中的字密密麻麻，卻不需要我閱讀似地，直接在我的腦海裡繪出了一幅幅畫面，而畫面也慢慢地連結起來，變成了鮮活的回憶。

我看見我在那滿是瘴氣的故鄉裡出生，爹娘消失，姥爺獨自帶著我長大，然後洛明軒來了，擾亂了我的生活，讓我開始嚮往著外頭的世界。

終於有一天，我離開了山溝，到了塵稷山，遇見了小醜八怪，救下了他。

我將這一段看得又細又慢。

我見我那時傷重，帶著他一路奔波，最後逃進了塵稷山上的破廟裡，我養著傷，也養著他，每天與他說著我要去找洛明軒，我以後要怎樣的去做一個好人，我要建一個怎樣的門派。

我說我要造福百姓，要收留那些無家可歸的人，教他們向善，讓弱者也可以不被亂世所擾，不再流離無所依。世有災荒我就發糧，天好豐收我就讓他們多多耕種……

墨青只在我旁邊，裹著臉安安靜靜地聽著。

我想起了一件事，墨青而今打造的萬戮門，抹了陣法，劈了掛屍柱，推了鞭屍臺，還地於民，不就是做了當初我沒做到的那些事嗎！

已忘了是誰曾與我說過，現在塵稷山的前山，春天到時，漫野的春花燦爛，美麗至極……

莫名地，我竟有幾分感動。

我看著回憶裡的自己與小小的墨青漫天胡扯，也看著他滿目溫柔地望著我。

然後呢……

那時的我並沒有注意到他，我只自顧自地說著，接著在傷好之後，便丟下了他，去找洛明軒，留他一人在破廟之中。

他偷偷把我的話藏在了心裡，直到現在。他在我死後，將萬戮門，建成了我幻想中的美好樣子。

想到他之前拚命熬夜為萬戮門批改文書的每一個晚上，我不懂他的堅持，也不明白他的拚命。

我現在懂了，他是為了我。

為了那個傻得一門心思想做個好人的我。

那是我最初最單純的心願，可當我因現實而放棄這個願望很久後，我卻在不經意的回首間發現，原來有一個人，幫我把這件事做了下去。

我手中織夢的線被扯斷後，卻有一人歷經千難萬險，帶著滿身傷痕，用世間最難得的堅持與溫柔，悄悄幫我織成了衣……

我卻一無所覺。

一時之間，我對自己達到頂峰的遲鈍感到氣憤，對自己氣憤完了，對小醜八怪也湧出了更多的氣憤！

這個小悶騷，憋成這副德行了也不和我說一聲！

鏡子裡的回憶還在繼續下去，走過了我壯大萬戮門的過程，走過了我殺了洛明軒的地方，終於來到了那晚——萬戮門前山之夜。

這幾晚我從司馬容口中聽過一二，我燒了戲月峰的房子，撕了千刃崖上藏書閣裡的書，是以現在戲月峰上正火光灼灼，無數人正在撲火，而那無惡殿上還在宴請賓客，絲竹樂器，叮叮咚咚地敲著，喧囂熱鬧，又相當驚心動魄。

是個美麗的夜。

就在這個夜裡，我在回憶的畫面中，看見了一身黑袍、形單影隻立在山腳牌坊前的墨青。

他仰著頭，往上望著，卻不是望著戲月峰，也不是望著無惡殿，而是望著十來階階梯上的我。

我手上還綁著繃帶，脖子上也貼了膏藥，我就這樣站在上方，拿著酒壺，遙遙地望著他，滿眼迷離，一身酒氣。

「欸，」我喚了他一聲，「接住我！」

接著我就渾身脫力地撲了下去。

墨青眼眸倏地睜大，疾步上前，在半空中一把抱住我，再被我撞得直接從階梯上滾了下去。只差一點，他便要帶著我滾進山門前的殺陣中了。

墨青往後看了一眼，額上出了些許薄汗，又往前一看，瞅著正趴在他胸口之上的我，似顯燙手一般，碰了我一下，便立刻放開。

「門主……」他聲音低沉，「妳醉了……」

「噓……」我用食指壓住了他的嘴唇，「別吵，我就是來找人洩火的……」

聽到自己當時的話語，我狠狠往臉上就是一巴掌，路招搖啊路招搖，妳看看妳這話說的！

這麼直接！一點都不懂情趣！

唉，當年還是太嫩了。

適時，畫面中的我將墨青壓在身下，倒躺在階梯之上，他腦袋似充血了一般，漲得通紅，即便臉上有恐怖黑色印記，也擋不住那抹潮紅。

我一把抓了他的衣襟，將他腦袋往上一提，毫不客氣地咬上了他的唇。

墨青雙目一瞠，伸手推我，我將他兩隻手往地上一摁，不由分說地制住了他。

「乖一點，聽話。」說完，我再次吻上他，在他唇上時而輕舔，時而輕咬……

我看著那時的自己，只覺渾身燥熱，大張著手指，捂住臉直喊，路招搖，妳不要臉，妳簡直不要臉！

透過大張的指縫，我看見了墨青從錯愕、震驚、抗拒、掙扎轉換到隱忍、接受、回應，隨即眸色越來越深，越來越危險……

啊！

你這個不堅貞的小醜八怪！你也沒有抵抗多久嘛！

這哪能算我強了你！明明就是你情我願好不好！

給我定個強暴之罪，我不服！

第十二章　銀鏡

我眼睜睜地看著當年的自己就這樣摁著墨青，與他好一頓激情十足的吻。

看著我與他從生疏到後來慢慢熟悉，那唇齒之間的纏綿，半分不含糊地展現在我面前。

神奇的是，我明明不記得這件事，卻好似能在這些畫面中，感覺到當年那般不可言說的情動。綿軟，溫熱而深沉，溫柔地互相糾纏，稍顯有些急切地互相掠奪，你爭我搶，竭盡全力地挑逗對方，占有對方，令他窒息……

最後，卻是畫面裡的我開始有些喘不過氣了……

我開始想呼吸空氣，墨青卻沒有放開我……

他半點也不像個羞於與人打交道的小醜八怪，此時有點帶著侵略性，禁錮著我，那麼迫切地想從我這裡獲取他所需要的生命養分，丟掉了他的沉默，捨掉他的卑微，像是過年之時終於拿到糖的小孩，迫不及待地品嘗。

我能感受到他的欲望，他想將那糖吞進肚裡，占為己有，就怕稍晚一點、稍慢一些，糖就被別人搶走了。同時，他也相當害怕，萬一吃完這顆糖，以後就再也沒有了呢？所以他用盡辦法地想把這顆糖再吃久一些，品得更仔細些，讓他的印象更深刻些。

我看著他吻我，從一開始的臉紅心跳，到後來的目不轉睛，直到現在，卻看出幾分心疼來了。

我有些怪他，這個小醜八怪，怎麼做什麼事都這麼讓人心疼呀！

這樣瘋狂地吻了沒多久，我見當時的我許是太喘不過氣了，腦袋猛地往後一仰，順勢將墨青推了開來。

我就這樣趴在墨青的胸膛上，撐著腦袋，醉眼朦朧地看著他。

墨青與我對視，在片刻的愣怔後，頗為不自然地轉過頭，他在躲我的目光，想將臉藏起來，可我毫不講理地將他扭過的頭又掰了回來。

「躲什麼？」

墨青臉頰轉不開，眼神卻依舊在躲避，「我……」他頓了頓，艱難地吐出了兩個字，「噁心。」

他說自己噁心……

他嫌棄自己臉上的封印。

「哪裡噁心？」我捧住了他的臉，將他左邊看看右邊看看，隨即放了他的腦袋，蹭著他的胸膛，讓自己在他身上往前爬了一點，他連忙抱住我，不讓我亂動，以免落到後面陣法中。

可我的唇已經足夠碰到他臉頰了，於是我看著他，在他右眼眼瞼的封印黑紋上，輕輕落下一個吻，「你的眼睛像星海那麼美。」

墨青似被這話震撼了，微微瞠著眼，沉默地感受著我吻過他臉上的每一道印記。

「門主……」他聲音終於有了隱藏不住的沙啞與低沉，「妳知道我是誰嗎？」

「知道啊。」我一邊說著這話，一邊扒著他的衣襟，而他沒有反抗，「我好多年前救回來的小醜八怪，守著山門的墨青……墨青……」

像是終於忍不了了一樣，墨青一把扣住我的後腦勺，攬了我的腰，將我整個抱起，反身一壓，位置倒轉，我順著階梯倒在地上，而他撐在我身上。

適時他的上衣已經被我扒了個七零八落，我在他下方，也在他懷裡，眯著眼笑著，我抱著他的脖子，像是在玩一樣問他：「你知道我是誰嗎？」

他默了一瞬，俯下身來，貼著我的唇瓣，喑啞低吟：「招搖……路招搖。」

我勾著他，與方才那瘋狂的親吻不同，他開始細細品嘗我，小心地觸碰更多的地方，打開更多禁忌。

只見他越來越占據主動地位，也看見他如何在階梯上壓制開始打退堂鼓的我……

一夜荒唐。

我看得面紅耳赤，完全未曾想過我竟然在辦事時，會是那副模樣。我捂著撲通跳的心口，靜了好半晌，才終於平穩了心跳。

畫面中的我沉沉睡去，墨青幫我穿好了衣裳，想了好一會兒，才悄悄地，帶著幾分小心，將我抱在了他懷裡，他望著面前的烈焰冰雪互相交錯的陣法，像看得發呆了一樣，摸了摸我的頭，眸光細碎而溫暖。

我望著畫面中的他，與他懷裡沉睡不醒的自己，心裡覺著……這鬼市的審判一點也不公平啊！

從這種情況來看，得到最大舒爽的恐怕不是我吧！

雖然一開始是我企圖強了墨青，而後強到一半，我累了打算放棄，反倒是墨青不許我停止，反過來強了我！全程看下來，分明是墨青主動得比較多好嗎！

到後半程時，我酒勁上來都已經醉醺醺地手軟無力了，哪有什麼粗魯野蠻！

這什麼什麼的罪定得我不服！

不服歸不服，我還是沒辦法去找給我判罪的人理論的，只能看著畫面裡的墨青一直緊緊抱著我，直到天色將亮未亮之際，山上有人往下尋來。

墨青看了看我，神色微微一沉，隨即將他懷裡的一個東西取出，掛在了我的脖子上。

啊……

那個東西……

那塊小銀鏡！

我不知道從哪來、卻好看得一直很詭異地符合我審美的小銀鏡，以至於讓我這麼多年來帶著它，也沒想過丟掉。原來……是墨青取給我戴上的嗎？

竟是他的東西！

難怪……當初在劍塚時，我說要留個信物送給他，他不願意要，反而讓我好好留著。

原來如此！

他將我打橫抱起，放在了更上幾層的階梯上，隨即退到一邊，站在牌坊背後，一如他平時那樣，沉默寡言著，靜靜地潛伏在角落。

司馬容帶著人從山上找了下來，看見階梯上的我，立即命人將我抬回去，而他一轉頭，看見墨青，也笑著與墨青打了個招呼。

墨青只沉默點頭，一夜旖旎便被悄悄地藏了起來，無人察覺。

我昏睡過去，一睡便是半個月，等再醒來時，那三日間做了什麼已經通通忘了，更沒去管身上什麼時候多了面鏡子。

洛明軒死了，我的生活還在繼續，不為報仇而存在的生活，我迷茫了一陣，又給自己定了目標，我要建立魔道第一大門派，未來要坐上魔王之位，一統天下，站在世界最高峰。

我開始了繁忙的工作，南征北戰，與十大仙門的摩擦也越來越大。

在那之後，第一次外出，從山門前歸來，我遙遙地望了眼牌坊下站著的墨青，那時北山主正在身邊與我說事，我忙著應答他，沒有多看墨青兩眼。

墨青也沒有踰矩行為，只沉默地站在一旁，一如每次等我歸山那樣，在他該在的位置上，不喧譁，不囂張，靜待我從他身邊走過。

垂眸屏息，而因我如今在這畫面裡尤其留意著他。於是我便看見了在我走近他時，他那大黑袍子裡稍稍透出了一絲微亮的目光，盯著我胸前掛著的小銀鏡。

隨即目光一軟，似有幾分卑微地小小竊喜。

他就這樣在山門前守著，直守到了我去劍塚那天，才終於出現在我面前。

而今一想，那時他是真的想救我吧，只是未曾想到萬鈞劍出鞘之時，力量竟這般巨大……

萬鈞劍開山裂地，將劍塚徹底掀翻，除了握著劍的墨青所在之地，其他地方一片碎石，殘肢遍野。

我看著站在那碎石之上，滿身是血握著劍的墨青，見他神識已大半模糊，只死死地握著手中的劍，而他轉身一看，身後一片狼藉，眸中神色黯淡。

他踉蹌地下了劍塚，任由萬鈞劍的劍尖拖在地上，在一片死寂中，沉重地走著，不知在尋找什麼。

在此之前，我從未站在這樣的角度想過，那時因為拔劍出鞘，而誤殺我的墨青，他的心裡會是怎麼想的。

他說十七在知道我身死的消息之後，嚎啕大哭了大半個月，眼睛都快哭瞎了。

那他呢？

以為是自己將我殺了，最後拿著萬鈞劍，還登上萬戮門主之位的他呢？他是怎麼想的？他又做過什麼樣的事？

我眼前的畫面卻戛然而止。

黑了一瞬，彷彿我的生命就在此完結，可在下一瞬間，又是一個畫面閃現，我看見了那個冰雪洞窟，看見我被放置於冰牆之上，半個身體陷入冰牆中，而有一人卻在我身前布滿冰凌的地面上盤腿打坐，吟誦經文。

竟是……琴千弦？

怎麼會是他？是他在劍塚一戰後，將我的身體從碎石下帶出，然後放置到山洞中的嗎？

終於，畫面徹底消失。

大陰地府錢鋪的模樣出現在我面前，乾瘦的小鬼在我面前晃了晃爪子，「欸欸！看完了吧！看完了就將鏡子還給我！」

他伸手要拖我手上的鏡子，我垂頭看了最後一眼，只見最後一行的紀錄——

劍塚之中，琴千弦帶走路招搖屍身。

便沒有然後了。帶去哪了也未說明。

這鏡子裡用的是「屍身」兩字，分明表示我在劍塚確實是死亡了，可為什麼現在子遊通過種種表象，說我是個生魂呢？

生魂證明我的身體還有一線生機，我還活著。

這到底都是……

無論如何，現在算是找到了線索，我得去找琴千弦，只要找到他，一切都會有答案。

我立即飄出了大陰地府錢鋪。

當務之急，我應該是先去找到芷嫣，上她的身，與墨青好好交流一通才是正經事。

我在前面飄著，書生便在我後面追，「路姑娘……」

我想了想，腳步一頓，轉頭問他：「你叫什麼名字？」

「啊？我……我叫曹寧，字明風。」

「你等著，回頭我就找人給你燒紙錢，這些債，我會全都還你。」

「路……路姑娘！」他又喚住我，像是下了極大的決心一樣，對我道，「其實……這些債不還也沒關係的，我娘那裡我可以去與她說，妳……妳不與我寫綠書也……」

我回頭瞥了他一眼，「綠書要寫，債我也要還，我有另一個人想嫁。」不再看他一眼，我轉身離開。

出了鬼市沒多遠，我本想著要飄到塵稷山主峰還有一段距離，沒想到一出來就迎面撞上了正在哭著找我的芷嫣。

她眼眶通紅，聲音都要哭啞了：「大魔王，大魔王，妳到底在哪裡啊？妳別不要就這樣消失啊……」

我飄在原地，看了她一會兒，喊了一聲：「喂，哭喪呢！」

芷嫣一轉頭，看見了我，滿眼的不敢置信，隨即才猛地撲上前來，連離魂都忘了，直接往我身上撲。當然，她只透過我的身體撲到了我背後的大樹上。

「妳沒消失啊！」她也不氣，只抱著樹站著，繼續哭著喊，「妳沒消失真是太好了，真是太好了！」

我被她吵得心煩，但同時心頭也泛起一股暖意，「別哭了，我沒事。」

「嗯嗯。」她抹了一會兒眼淚，似想起了什麼，連忙將身體一脫，「來，妳先上我的身，妳快回去找厲塵瀾，他找妳都要找瘋了！」

第十三章　異狀

當日我是直接在墨青面前「灰飛煙滅」的，他不知道鬼的世界是什麼樣，唯一能想到的辦法大概就是回去找芷嫣了。事實上，即便找了芷嫣也沒用，因為這次沒有任何人知道我去了哪裡。

畢竟……連我自己都未曾想到出了回魂鋪竟然會遇見這檔子事，被抓去大牢，耽誤了三天時間，不過……也算是知曉了自己的一些隱祕過往。

我往芷嫣身體裡飄，芷嫣便在我旁邊一邊抹淚一邊強忍哽咽地說著：「三天前厲塵瀾回來找我，一個勁地問我『路招搖在哪』，差點快被他嚇死……後來才知道，原來他早就知道我們的事了。他問不出妳在哪裡，就提著我到處找，在山上找了一天，鬼市找了一天，上哪兒都找不到妳……」

說到這裡，她又咧嘴要哭，「大魔王妳這幾天到底去哪裡了啊，嚇死人了，厲塵瀾在那無惡殿上散盡神識地要找妳，若妳再不出現……」她頓了頓，眼巴巴地望著我，「妳怎麼不著急進我身體裡去啊？」

我望著她，心頭有點慌亂，還是強行壓住情緒，望了望天色道：「不急，我等到子時再試試。」

芷嫣聞言，也是面容一肅，停了嘮叨和哭泣，連忙飄到我身邊圍著我轉了兩圈，「大魔王，妳……真的魂淡了些啊……我方才都沒注意，妳的身體好像有點模糊，發生什麼事了？」

「我吃了還陽丹。」我沉下心道，「魂魄可能發生了點變化……我還沒消失呢！不准哭！」

「嗚嗚……」芷嫣被我斥得立即咬住了下唇，一雙大眼積滿了淚水地望著我。

「我的身體尚在人世，裡面或許存留些許生機，所以我現在大抵算是個半死不活的人。因此，在我墳前磕得魂魄離體，但未死的妳能看得見我。」我儘量簡單地與她說著，「但我這次為收拾洛明軒，吃了還陽丹……這鬼市的東西，越吃便離死越近，尤其是還陽丹，所以我現在的魂體或許生了點變化，沒那麼容易能進妳的身，也可能再也進不了妳的身。」

甚至……或許過段時間，我身體裡的生氣消散，就連芷嫣也看不到我了。

我忍住這話，沒有告訴她。

「現在離子時不遠，待會兒我再試試能不能進妳的身體，若能入便是最好，若不行，妳便好好回到身體裡，回去將我的事告訴厲塵瀾，讓他不要著急，我會飄到他身邊去。」

「那……如果以後都不能入我身了，妳要怎麼和厲塵瀾說話呢？」

「妳幫我傳話，然後我們盡快去找到我的身體。」

「妳的身體在哪裡？」

我轉眼瞅了芷嫣一眼，「妳大伯父在哪兒？」

芷嫣一愣，想了想，「好像……之前東山主帶著我大伯父從仙臺山走丟後，就再也沒有聽到他們兩人的消息了……這幾天厲塵瀾瘋了一樣找妳，萬戮門所有人都出去打探哪裡有無鬼魂奇事發生了，沒人探聽他們的消息……」

所以，就任由他們從那時消失到現在嗎！

我無語了。小十七是個找不到路的，琴千弦也是路痴嗎？塵稷山那麼大一座山，他們也找不到？

不過跟著十七在一起……倒是什麼都有可能。

我暫時將這事放了放，等了一會兒，但見子時到了，我沉心靜氣，飄到芷嫣身體上方，面朝面，魂體與她的身體交融，慢慢沉了進去。片刻之後，我慢慢察覺到指尖傳來厚重的感覺，身體裡有心臟的跳動，血液的穿梭。

我睜開眼，看見芷嫣的魂魄飄在一旁。

我坐起身，活動了一番筋骨，「妳這身體到底還是沒我自己的好用。」

她開心地蹦了兩圈：「進去了進去了！妳趕緊去找厲塵瀾！」

不用她說，我施了一個瞬行術，霎時便踏上了無惡殿。

無惡殿上，明月映照，遍地銀光，我一腳踏上，銀光便似有所波動一樣在緩緩一動。

我心頭一驚，知道這是什麼陣法——九天術。

上探九天，下尋九泉，天下無處不在術法觀察之中，只要他想，連萬里之外的花開聲都能聽見。

唯一缺點是，這法術極是耗神，探得越遠，對神識傷害越大。

芷嫣說墨青耗盡神識來尋我，我還未曾想到他竟會布下如此大陣。

我入了無惡殿中，見墨青正端坐床榻上，屋中地上銀光更甚，似漫天繁星遍灑一地，有著安靜清冷的溫柔。

他打著坐，閉著眼，所有神識都散在他方，我未敢驚擾，便只慢慢地靠近他，在他身前站定，輕輕喚了一聲：「墨青。」我的聲音是我未曾想到地輕柔，「墨青，我回來了。」

我這一聲喚，像是挑動了地上的銀光，在裡面滴入了星星點點的水珠。銀光閃動，一層層的波浪往外蕩去，在片刻後又一層層地蕩回，波光慢慢收攏，越收越快，最後整室銀光消失，墨青如入定的老僧，坐著未動。

我知道，瞬間收回四散的神識，對身體來說是極大負擔，外人不知，他必定忍受著巨大的眩暈與痛苦。

我不敢碰他，就怕稍稍一碰，便亂了他的思緒，致使他神識散亂，再無法完好復位。

我只好在他身前靜靜等著，不知等了多久，許是有大半個時辰了，終於他放在膝上的指尖微微一顫，雙睫抖動，如蝴蝶扇了翅膀一樣，慢慢睜開眼。

得見眼前的我，他有一瞬間的失神。我見了他這雙清澈透亮的眼眸，也有一瞬的失神。

只是，我不知道他想的與我一不一樣，反正……我現在滿腦子都是當年那山門前，襯著火光與風雪，我蠻橫地將他摁在地上一通狂吻的畫面。

想著那畫面，我喉嚨便覺得有些乾也有些緊了。

我伸手一推，徑直把他推翻在床，上次那個地府給我定的強暴之罪我覺得我受得冤枉，但罪名既然無法改變，那我乾脆直接把罪名坐實得了！

我湊上去便要咬他的唇。

就在靠攏前的那一刻，他用手及時擋住了我，我親在了他的掌心上。他望著我，我在他眼裡看見了這張芷嫣的臉，方才清醒過來。

這是……芷嫣的身體啊。

光是想一想，我就能預見未來那會在我耳邊日日夜夜響徹天際的尖叫之聲。我忍住了情緒，咬了咬牙。

「招搖。」身下的墨青卻在這時喚了我的名字，「是妳？」

我嘆了一聲，「是我。」

「妳沒有消失？」

「我消失了啊。」我想逗逗他，可一看到他眼眸陡然黯淡了，我的逗弄之心霎時消失，連忙道，「但我捨不得你，所以又回來了，小醜八怪……」我幫他順了順胸膛，「我說讓你不要哭，你做到了嗎？」

後背一緊，我被他往下一拉，抱進了懷裡，死死地扣住，他沒有言語，只是像護著珍寶一樣護著我，「路招搖……」

「嗯？」

「別再說那種話了。告訴我妳要去哪裡，我來陪妳。」他將我抱得那麼緊，「別再讓我尋找了。」

墨青……是在害怕嗎？

我拍了拍他的胸口，從他懷裡把腦袋蹭了出來，「我們一起去找吧。」

他微怔。

「我的身體。」我解釋道，「我身體還在這人世的某一個角落，我們一起去找，等找到了，我就回來嫁給你。」

提到這事，我腦海裡閃過鬼夫君的事，「啊，對了。」我從墨青身上坐起，「在那之前，你還得幫我辦幾件事。」

他也跟著坐起身，「嗯？」

我坐在他腿上道：「我在鬼市惹了一場婚債，要還了錢才可以與那書生和離，你幫我燒點紙錢吧。」

墨青身體驀地一僵。

我扳著手指頭一邊數一邊嘀咕：「還陽丹兩顆，出地牢一趟，大陰地府錢鋪一筆，和離給點分手費，按那曹寧的消費水準來說……大概，要給他燒四十萬？嗯，他這幾天對我還挺好，湊個整，給他燒五十萬得了。」

我一轉頭，撞上了墨青冰涼得有些微妙的神色。

他彷彿現在才理解了我上一句話的意思一樣，只提了兩個字出來，重複了一下，「婚債？」

啊……

看著墨青幽深暗黑的目光，我陡然反應過來，我是不是不該這樣跟他說？我轉了轉眼珠，「那就是……賭債？反正是筆債，怎麼稱呼不重要。」

他瞇著眼睛看我，頭一次，我覺得他這雙比星空更漂亮的眼睛裡，對我凝出了不善之意，「曹寧，是誰？」

「哈哈哈！」我一陣乾笑，答案卡在喉頭，吐不出口。

那是……

我現在地府裡登記在冊的相公啊。

第十四章　心魔

墨青盯著我，便由著我這般尷尬地笑著，一臉嚴肅看得我有幾分緊張。

沒緊張一會兒，我心頭便湧出一股「為什麼要這麼緊張」的反抗感。我一清嗓子，咳了聲道：「陰間帳上沒錢，所以找人借了一點，但那邊借錢有點麻煩，於是就隨便撿了個人成了親，找他拿點用度接濟一下……」

「路招搖，妳——」他聲音又低又沉，這般連名帶姓地喚我，一時間竟讓我有種小時候闖了禍被姥爺呵斥的感覺，又有種莫名的安全感。

被人保護著、占有著的安全感。

墨青控制了一下情緒，似有幾分咬牙切齒地低聲道：「妳該打。」

生氣，卻又無奈。

因為他捨不得打我。

我轉頭看了他一眼，拍了拍他的胸膛，「好了好了，所以我不是要在你這裡拿了錢，把他的事情了結嗎？不要氣了，我是喜歡你的。」

咦……好像我說這話的言詞與調調像極了俗世裡某類男人，但墨青聽到我說「喜歡」兩字後，還是忍不住微微動了眸光。

我細細觀察著他的神色，見他眼裡的火已經消得差不多了，我便捏了他的下巴，笑他，「哎喲，我就喜歡你這股醋勁兒，酸酸的，嗅一嗅便覺得誘人，快讓我嘗嘗。」我湊上前去要吻他。

繃著一張臉的墨青終是抵不住了一樣，哭笑不得地一扭頭，似極為無奈，而正是在我玩得開心之際，倏爾心臟猛地傳來一陣緊縮的刺痛感。

我捏住他下巴的手一個沒忍住，微微使了點力，唇角也立即抿了起來，壓住險些溢出口中的悶哼。

「怎麼了？」

墨青立即察覺到了我的變化，我轉頭看他，方才好不容易才將疼痛與憂心從他的眼底抹去，現在又重新讓他鎖緊了眉頭。

「我沒……唔……」心臟傳來更劇烈的疼痛，我一時沒收住口，哼了出來，身子也猛地往下一滑，堪堪被墨青的手摟住。

「招搖？」他喚我的名字，聲線繃得極緊。

又讓小醜八怪心疼了……

在第三次劇痛傳來時，我的魂體猛地彈出了芷嫣的身體，我飄了出來，卻聽身後芷嫣身體傳來大大的抽氣聲。

我一轉頭，但見芷嫣又睜了眼，她看見面前的墨青，立即雙手一伸，猛地將他推開，墨青也順勢放手，將她扔在地上。

「哎喲！」芷嫣一聲呼疼，墨青在一旁，將驚惶與不安盡數壓在眼底，深藏於心，他冷眼看著芷嫣問，「她呢？」

聽得墨青問她，芷嫣嚇得連痛也不叫了，連忙正襟危坐地跪在地上，往旁邊瞅了我一眼，又瞅了瞅外面的天色：「我……我也不知道我為什麼這個點就回魂了啊……」

我往外面一看，隱約了悟——子時過了。

看來，我這吞過兩顆還陽丹的魂魄，只能勉強使用芷嫣的身體一個時辰了。

「她呢？」墨青語調冰涼地又重複了一遍問題。

「在……在這裡呢……」芷嫣指了指我。

墨青看不到我，可聽到她的回答，知道我還在，他的神色便也不再似方才那般駭人，「為何會突然如此？」我知道墨青是在問我。

芷嫣便也巴巴地望著我。

「我先前不是與妳說過緣由嗎，解釋給他聽啊。」我催促道。

「哦……」她這才想起來我與墨青之間交流需要靠她一樣，眨巴著眼回想了一下，「大魔王好像說是因為吃了一些鬼市的東西，導致魂體比以前虛弱了些……是吧？」

我點點頭，「以後大概只能在子時上妳的身了。」

「以後只能子時上我的身。」她規規矩矩地傳達了我的話，在墨青面前，嚇得不敢多說一句。

墨青聞言皺眉，「她的身體呢？在人世何處？」

我答：「這要問琴千弦。」

「問琴千……咦？」芷嫣抬頭望我，「我大伯父？」

「對，妳大伯父。」我道，「當年便是他將我的身體從劍塚帶走，不知道藏在了哪個冰雪洞窟裡，還將我的身體嵌在了冰牆上。」

這個回答讓芷嫣驚得忘了墨青的存在，「我大伯父為什麼要藏妳的身體？」

我瞥了她一眼，「癖好？」

芷嫣嘟囔了一句，「難道是因為當年的心魔？」她眸光一轉，觸到一旁墨青探究的眼神，又規規矩矩地跪坐好了，「當年雖然我沒見過，但隱約知道我大伯父因萬戮門的路招搖而生了幾分心魔。他素來壓抑自己，並無人知曉他的心魔到底處置得如何，可我爹前幾年去見他，回來頗為感慨地說過，他終將心魔拔除了。」

我摸著下巴問她：「這個幾年前到底是幾年？」

「約莫三、四年前。」

在我「死」之後的事。也就是說，在那個時間前，琴瑜是知道琴千弦的心魔一直在身的。

「難道琴千弦偷我身體，是為了拔除心魔？」

芷嫣將我的懷疑告訴了墨青。

墨青沉默片刻，喚來了暗羅衛：「絮織與琴千弦如今在何處？」

「仙臺山之後，東山主帶走千塵閣主，屬下等前往事先約定之處接應，可並未等得東山主前來，在周圍搜索許久，也未見兩人蹤影，而今依舊在尋找中。」

墨青問：「約定之處在哪裡？」

「仙魔交匯之地，江城向仙門方向三十里地外的素山。」

素山……那處離千塵閣不遠，照理說琴千弦應該相當熟悉，不會走丟啊。

「素山之外陣法很多的……」芷嫣小聲嘀咕一句，「那日我見大伯父好似受了傷，東山主……唔，不拘小節？他們會不會不小心走到陣法裡面去了？」

若是如此，那倒麻煩。

術法雖對十七沒什麼作用，火焰冰雪也都傷不了她，可若是個迷陣，那就苦了，她絕對沒有看穿陣眼的本事。

琴千弦雖對陣法極有研究，但他受了傷，要一眼看穿陣眼，只怕不容易。

這麼久沒出來，不知遇上了什麼麻煩。

最麻煩的，還是外面的人無法幫他們，因為根本不知道他們到底掉進了哪個陣法中。

琴千弦可不能死，我的身體全仰賴著他呢！

「素山離千塵閣極近，他們必對山裡陣法有所研究，你速去與千塵閣之人聯繫，讓他們一同遣人去素山尋找。琴千弦乃他們閣主，必定不會視而不見。」墨青下了令。

暗羅衛抱拳，一聲「得令」後，迅速消失。

屋裡沉靜下來，只剩芷嫣耷拉著腦袋，與墨青待在一處，互不說話，場面尷尬。

「妳回去吧。」

墨青一開口，芷嫣如獲大赦，連忙起身，拍拍衣服便往後面的濯塵殿跑，臨出門了，還是在門口扭捏了一下道，「大魔王還在你身邊，她沒走。」

我嫌她道：「哼，就妳話多。」

芷嫣這才提著衣服跑了。

我轉頭看墨青，但見他隻身站在空蕩蕩的殿中，身影顯得格外孤單。他往書桌的方向走去，上面已經累了許多檔，他如往常一樣，在書桌前站定，隨即開始審閱。

我站在他書桌對面，趴在他桌上看他。

須臾後，聽到他一聲輕喚：「招搖，我看不見妳，可我知道妳在這裡，便足夠心安。」

他怕我擔心嗎？

我穿過書桌，飄到他身前，又偷偷吻了他的唇。

他身形微微一頓，隨即眸光一柔，沒多言語，只是繼續自己的工作。

還是能有點感覺的吧，至少會微微地有一點涼意。

如果是這樣……我飄上他的背，從後面將他脖子抱住，他沒什麼感覺，我把臉湊在他耳邊道：「就算找不回身體，以後我也做你的背後靈好了。」

我掛在他身上，直到第二天天亮時，我覺得陽光比先前刺眼多了，便改躲在屋裡不出去。

墨青一晚上批完了桌子上的所有文書，又寫了張紙，喚來了暗羅衛衛長：「門主令。」

暗羅衛衛長聞言一凜，極為恭敬地接過了墨青手中的令，靜心一讀，眸中起了幾分迷茫和錯愕：「燒……紙錢？」

聽到這兩個字，因為陽光而頭暈目眩的我立即來了精神。

我飄到暗羅衛身後與他一同往紙上望，果然是門主令！令全門燒紙錢三天，每人每天各一千錢，北山部下燒給曹寧，其餘山主部下盡數燒給路招搖。

啊！我夢寐以求的門主令！

我蹦起來去抱墨青，手臂從他身體裡穿過去了，沒關係，這一點也不影響我的喜悅。

想到隔不了多久，我就能去把綠書寫了，鬼市那些好玩的藥丸雖然不能再吃，但我可以把錢花去看過往啊！

就反反覆覆地看山門前的那一段！

來來回回地看，仔細地看，挑毛病，等以後找回身體了，再把這些沒做好的部分通通補回來。

啊，對，還可以幫子遊看過去，一直看一直看，看到他都不會忘記那些過去為止！

第十五章　離別

門主一下令，全門各山主接得令而行。

卯時下的令，辰時便通曉全門，辰時未過，整個塵稷山各峰，皆已點火，發放了紙錢，各山門徒按各自分配，有序排隊，統一燒紙錢。

帶到午時，陽光明媚，我躲在濯塵殿裡，趴在窗櫺陰影中，往外望去，但見塵稷處處皆飛煙，燒得烏煙瘴氣，我心裡很是高興，腦中浮現一個算盤正記錄著我帳上的錢，啪啪啪地往上打，這一陣陣脆響打得我渾身筋骨都酥了。

通！體！舒！暢！

有錢了，有錢了啊！

我在窗口上開心得想打滾，芷嫣在我背後看著我，「有這麼高興嗎？」

「妳是沒窮過。」我轉頭反問她，「以後不用跑腿燒紙錢了，妳不高興？」

「一開始覺得很討厭，可後來，想著是燒紙錢給妳，也沒那麼煩了。」芷嫣脫口而出的這句話意外地暖心，「該有人對妳好的。」

她正在桌邊喝茶，我轉頭盯了她一會兒，隨即飄到她身邊，雖然現在碰不到她，但我還是摸了摸她的頭，「小可愛，咱們緣分一場，妳放心，等以後姐姐回魂了，但凡有一口肉吃，就絕對給妳一根骨頭。」

芷嫣斜著眼看我，「我是妳養的小狗了？」

這姑娘，一開始看著我就跟見了墨青一樣，怕得渾身發抖，現在居然敢用斜眼看我了！

嘖，都是我慣出來的。

「妳懂什麼，我路招搖手裡拿出來的骨頭，能是普通的骨頭？」我伸出手，做了個捏她下巴的模樣，對她歪著唇角一笑，「我給的，妳要不要？」

芷嫣端著茶杯，愣愣地看了我好一會兒，隨即羞澀地別開臉，「啊啊，大魔王妳好討厭！妳見誰都撩！」

我趴在桌上不停地笑，「心情好嘛。」

啪！

濯塵殿的門倏地被人推開，我與芷嫣同時往門口望去，一襲黑衣的墨青沉著臉站在門口。

外面陽光正好，他面向屋內，襯得神情又沉又黑。

「琴芷嫣。」

這個名字喚得沒有溫度，芷嫣渾身一怵，立即站起身來。然而就這麼巴巴地望了墨青一會兒，只聽他又說了四個字。

「去燒紙錢。」

「啊……哦……好。」芷嫣忙不迭提了裙襬，垂著頭什麼也不敢看地跑了。

竟然把我的小玩伴嚇走了，我都還沒關心關心她與柳滄嶺的事呢！

我在桌上撐著腦袋，看面色不善的墨青，笑道：「好一個醋缸。」

墨青看不見我，踏入屋內，坐在芷嫣方才坐的那個位置，另外拿了個茶杯，倒了水來，抿了一口：「路招搖。」他喚了我的名字，我也歪著腦袋在他面前望著他，見他嘴唇動了，我便忍不住湊上去，貼在他的唇瓣上，輕輕磨蹭。

我感覺到了些許暖意，也聽到了他停頓之後，柔軟太多的聲音。

「妳該打……」

我咧嘴笑了。

我該打，你若要打，我也願意讓你打，但我篤定你下不了手。

在屋裡坐了一會兒，他便回了寢殿，我也跟了過去。

文書昨夜他已批完了，今日萬戮門人接了門主令集體燒紙，也沒有誰來打擾他，他便坐在床榻上，盤腿打坐，調息身體。

他身邊光華泛出，我才發現他身體裡的氣息不似之前那般雄渾。

甚至比先前取了六合劍回來時，還弱上許多……

想來也是，自幫我取了六合劍後，他便一直有傷在身，之後接踵而來的便是與姜武一戰、撕裂靈停山、陪我與洛明軒相鬥、擊落那烈焰神鳳。

昨日，又散盡神識，布九天術，漫天地尋我。

這是個悶騷的孩子，他不太關心自己的身體，有傷，也不說出口。

我看得心疼，便在他身旁坐下，守著他，一直等到晚上，芷嫣回來了，我上了她的身，急急跑去找墨青。

他的寢殿外沒人攔我，我進去時，他正巧收了調息，睜著眼看我。

我根本懶得與他客氣，一頭撲上前去，將他撲倒在床上，然後抱住了他，捏著他的下巴問：「小醜八怪，今天有沒有想我？」

墨青被我撲得錯愕，哭笑不得的背後，是幾分寵溺，「……想了。」

我趴在他身上，繼續問他：「你今天看我調戲芷嫣，是不是吃醋了？」

他微微一怔，轉過頭去，輕咳一聲，有些不自在地承認：「嗯……」

「芷嫣的醋也吃，大醋缸。」我笑他，見他耳根有幾分紅了，我才捏了他的耳朵，在手裡把玩著，「不過正好，我喜歡吃酸。」

墨青眸光微微一動，我拿食指壓了壓他的嘴唇，「什麼時候我才能找回我的身體啊？」這每天光能撲倒，不能辦事，也很讓人著急啊！

「暗羅衛尚未傳回消息。」提到這事，墨青面色凝肅了起來，他將我抱著坐起來道，「素山前的陣法並不好對付。隔兩天，必要時，我恐怕得自己走一趟。」

聽聞這話，我有些憂心地摸了摸他的後背。

他抓住了我亂動的手，「我沒事，不用擔心。」

「你也是太不將自己身體當回事了，九天術能胡亂用嗎？」提到這事，我有點生氣，「萬一沒把我找回來，你自己神識先散了，你打算怎麼辦？」

「若找不回妳，神識散了也罷。」

我一愣，「那麼怕？」

墨青將我抱緊了些，「嗯，那麼怕。」

我便不忍心再怪他了。與他坐著一會兒，墨青斟酌著開口：「而且，我以為……妳消失，有一部分，是因為自己不再想見我。」

這話從何談起？我有點愣神，「為什麼？」

「洛明軒可與妳提過，妳出生之地？」

「啊……」我想起來了，「他是說了我們一族是被你爹給圈禁在那山溝中的，為了保護被封印起來的你，所以我們都生而為魔，算是魔王給的詛咒……你以為我會因為這個怪你？」

墨青唇角一緊，聲音低了下來：「是因為我，妳才會被洛明軒如此迫害，更導致妳親人……」

「啊，對，還有這一層關係呢。」我說了這話，猛地站起身來，嚴肅地盯著墨青，「好你個厲塵瀾，我卻是因為你，才被害得如此慘！」

墨青一愣，或許是因為我這話說得太過嚴肅，也許是因為他心裡，一直都怕我這樣怪他，所以一時間，他望著我的眼神裡，流落出了幾許歉疚與心疼。

「招搖……抱……」

沒讓他說出後面的「歉」字，我便抱住了他。

「好。」

我順著他的背拍了拍，「你是不是也傻了？居然會問我這種話！」我摸摸他的頭，安撫著道，「我祖上那麼多代，被你爹布置了保護你的任務，可我祖上沒一個人見過你，甚至我姥爺也沒見過，而我達成了那麼多人都沒有達成的任務，我姥爺要知道了，羨慕我都來不及呢，我都能想像他會說什麼……」

我提起了他的手當做酒壺，在他手背上親了一下，咳了兩聲，啞著嗓子演起了我姥爺：「哼，妳這丫頭片子，本事沒有一個，運氣倒比誰都好！」

墨青失笑。

我看著他難得的笑容，便也笑開了。

他的身分讓他自幼便背負了不一樣的沉重，詛咒我族人的是他素未謀面的爹，害我與我姥爺的是也想害他的金仙。我沒理由，再為他添上負擔。

「墨青，我是命中註定要保護你的那個人，而我也正好想要保護你，這便是我與你的緣，不是你的罪過。」

他坐在床榻上，伸出手，幫我將耳邊散落的髮勾到了耳後，「招搖，妳是我的全部。」

我一默，垂頭笑了，「你嘴這麼甜，我也要愛上吃甜了。」

我們相視一笑，靜默中氣氛卻格外舒暢。

子時過，我離了魂，所謂一回生二回熟，芷嫣再次回魂，從墨青腿上摔了下去，只點了兩下頭，便急急忙忙地跑回了房間。

墨青便也重新開始打坐調息。

我閒來無事，也飄回了房裡，與芷嫣閒聊了幾句她與柳滄嶺的事。

我問她打算怎麼辦，現在柳蘇若死了，柳巍也不見了，鑒心門在之前與墨青那一戰中，也被毀得差不多了。

江湖人不知芷嫣身體中是我，他們只知道這個昔日琴瑜之女，投靠了萬戮門，成了萬戮門主的得力弟子，並與厲塵瀾一同毀了鑒心門，還害了柳巍。

芷嫣微微垂了眼眸，神色不再如之前那般浮躁，「順其自然吧，妳不見的這幾天，滄嶺哥哥也醒了，他知道了這段時間以來發生的所有事，也知道了自己被柳蘇若操控，他打算回鑒心門。」

「妳呢？」我問她，「跟他回去，還是留在萬戮門？」

芷嫣的笑染了幾分苦澀，「即便滄嶺哥哥讓我與他回去，我也不會回去了。更何況，他現在……沒再過說那樣的話……」她頓了頓，「大魔王，或許世界上真的有命運，不管是讓我，還是讓他，都回不去了。我們應該在之後的人生當中，形同陌路。不再互相傷害，就是我們對彼此的最後一點仁慈吧。」

話止於此，那麼愛哭的芷嫣，竟沒有掉半滴眼淚，甚至顯得平靜。

「小丫頭長大了。」那是她的人生，她做出了決定，那我只能說，「我不管別的地方，可只要萬戮門在的一天，這裡便是妳的容身之處。」

聽了我這話，芷嫣神奇地紅了眼眶，她離魂出來，抱住了我，「大魔王，好感謝遇見了妳！」

我拍了拍她的背，沒有說話。

翌日清晨，天尚未大亮，濯塵殿外便有人找來。

我見了門外的人，微微一挑眉，竟是柳滄嶺背著包袱來了，他身上還帶著傷，但神智已經清明，站立走路，也都不是問題。

他是……要離開了？

他在殿外等著芷嫣，外面有人來通傳，芷嫣便起了床。

其實，早在柳滄嶺出現的那一刻她就醒了，她在屋裡梳了梳頭，整理了一下衣裳，又在鏡子前坐了好久，像是不想去出去一樣。隨著時間一點一滴過去，外面的人沒有催，芷嫣對著鏡子露出一道微笑後，起身走了出去。

「滄嶺哥哥。」應該是她以前和柳滄嶺打招呼的模樣。

柳滄嶺愣了一瞬，「……芷嫣。」

叫了她的名字，他便默了下來，隔了許久，黎明的風颳過山頭，吹涼了天上的薄雲，柳滄嶺終於重新開了口：「我要回錦州城了，鑒心門……不能無人……」

芷嫣點了點頭，「滄嶺哥哥保重。他日……」她頓了一下，抬起頭，望著柳滄嶺暖暖一笑，「他日，願得見鑒心門，重振旗鼓，仙風不改，得鑑世人清心。」

柳滄嶺望著芷嫣被晨風吹亂的髮絲，唇角微微一顫，拳心握緊，倏地轉身，「好好照顧自己。」

一場告別，卻平靜得如同兩個交情普通的朋友在道別。大概誰都想不到他們背後曾有過那麼複雜的深仇怨恨，糾葛過往。

看著柳滄嶺御劍而去，身影逐漸在長空中化為模糊的小點，直至再也看不見。兩人心裡其實都清楚，在經歷過那麼多事情後，他們再也不可能在一起了。芷嫣說得對，以後再不相見，就是對他們彼此最後的仁慈。

我飄到芷嫣身邊，她望著遠方，唇角還有著微笑，但眼淚已啪嗒啪嗒地落在地上，「君欲行遠方，不問君歸期，但問君來生……」

「大魔王，我問來生，我還可以再見到他嗎？」

我回答不了她。誰都答不了她。

第十六章　仙人遺孀

柳滄嶺離開的這日白天，我在濯塵殿陪了芷嫣，我是個不會安慰人的，而她大概也是不需要安慰的。於是我乾脆趴在窗戶上，讓她在院子裡練一些外家功夫，現在也不怕墨青察覺了，我就放心大膽地教。

前些日子，她的身體一會兒是我幫她打坐，一會兒是自己修行，九轉回元丹也吃了好幾顆，修行提高不少。我幾次用她的身體使出超出她能力的法力，雖對她的身體有所傷害，可也因此極快地提升了她的修為上限。

剛入萬戮門時，她的修為約莫是中下級的魔修，現在我能保證，若是芷嫣再遇上之前挨北山主打那種狀況，換她自己上，也不會做得比我差。

我讓她將心思放在練功上，她也配合，一整天的時間，累得沒工夫去琢磨柳滄嶺的那些事。

教到傍晚，我見太陽落山，能跑出去晃悠了，便與芷嫣商量好，我先去鬼市還債，等到子時芷嫣就帶著她的身體去找我，這樣等我還完鬼市的債之後，就可以直接穿著她的身體回來了，半點不耽誤和墨青膩膩歪歪的一個時辰。

「那我呢？」芷嫣有點委屈，「妳就那樣把我丟在鬼市嗎？」

我一本正經地望著她，「忙了一天，妳一定想靜一靜……」

「我不想。」

「……別頂嘴。」我道，「妳一定想靜靜，我給妳一個時辰的時間，妳飄去哪透透風都可以，等一個時辰後就自動回魂了。」

她咬了嘴唇，到底還是認命說了聲：「好吧……」

我就毫不客氣地往鬼市飄過去了。

一路急趕，總算在亥時初勉強趕到了鬼市，還有大半個時辰才到子時，夠我處理鬼市的爛攤子了。

我第一時間想去大陰地府錢鋪查查帳，看到帳了多少錢，然後順道找找曹寧和他娘，算算錢，一併去將綠書寫了。

沒想到，根本不用我費心找，周氏第一時間便找到了我。

她比我矮，卻還拿斜眼瞪著我，我知道她看不慣我，在她眼裡，我是一個勾走了他兒子心魂的狐媚子。我知道她氣我，於是我故意在她面前撩了撩頭髮，顯得更加狐媚，「債還完了吧，快把你兒子找來，把綠書寫了。」

「寫什麼寫！」聽我一開口，周氏就直接炸了，「我兒子上天了！他升仙了！還寫什麼綠書！」她上來要抓我，可依舊從我的身體裡穿了過去，她撲在地上，大聲痛哭，「妳把我兒子還回來！」

什麼？

我有點迷茫。

為什麼每次遇見這個老太太，總有些讓我無法理解的事發生呢？什麼叫升仙了？

「他死了那麼久還能升仙？升仙又是個什麼制度？他升仙關我什麼事，我怎麼還妳兒子？」

「還不是妳燒的那些錢！」周氏邊抹眼淚邊指著我斥責，「都是妳給他燒那麼多錢！錢那麼多，功德滿了，他直接飛升，上天了，不回來了！」

什麼？給你們這些功德好的人燒錢燒多了，還能把你們燒上天？

這規矩一開始怎麼沒人跟我說啊！

「我只能眼巴巴地看著我兒子上了天啊！」她哭得哀戚，我卻莫名覺得……有點好笑？

因著她哭號吵鬧，聲音越來越大，又引來了旁邊的鬼魂的注視。

我心頭一怵，可不想再被安上什麼罪名去地牢關三天了，正要攔她，旁邊穿來一隻鬼魂，是子遊飄來，將地上的周氏扶了起來，「妳這老太婆，太不知好歹，我家阿姐讓妳兒子飛升成仙，是好多人求都求不來的功德，是你們幾輩子修來的福分，妳怎麼還埋怨我阿姐！」

周氏嗚咽哭著，沒有回話。

「阿姐，咱們走！」

子遊伸手，將我往一旁引，想讓我避開這老太，離開這是非之地，我知道他的好意，可是……

「綠書呢？」我望了望子遊，又望了望周氏，「那我綠書呢？我和誰寫去？」

子遊笑著看我道：「妳『相公』都飛升了，哪還用寫什麼綠書，妳現在是仙人遺孀了，恢復自由身，嫁娶也都自由。」

那……也就是說……

我為了兩顆還陽丹，得了一個寡婦的名號？

唔……

我摸著下巴琢磨，如果我不將這件事告訴墨青，他應該也查不到吧？不然就瞞他一輩子好了，反正等咱們死了，也沒精力計較我是不是做過某個仙人的……遺孀。

不過，就算他知道，應該也沒關係。

我一邊沉思著，一邊隨著子遊往那酒樓飄，可飄著飄著我突然反應過來。

「等等，那我呢！」

子遊被我一句話嚇得轉了頭，「怎麼了？」

「我呢？」我愣愣地盯著他，「我接的紙錢接多了，會不會也就呼啦啦地燒上天了？」

子遊像是被我逗笑了，「阿姐妳多慮了，妳成不了仙的。」

「為何？」

「染了殺戮罪的人，是升不了仙的。」他細心解釋給我聽，「其實不全是阿姐的問題。要升仙者，需得十世無殺戮，仁慈為生，得大功德，方才能升仙，是那書生命數到了，阿姐妳不過是送了他一程。」

哦……

我覺得有幾分心有餘，「竟然還能燒紙燒上天，先前怎麼沒人說過。」

子遊有些哭笑不得，「鬼魂承接紙錢，承接的其實是人世的一分心意，心意越多，說明這人生前善事越多，一份紙錢，一份功德，功德累積到一定程度後，自然就生了變化。但其實需要燒的紙錢實在太多了，我也是……頭一次聽說有人因燒錢太多而升天的。普通人都想不到，自然也沒跟妳提過。」

說到底，是我還債……用力過猛。

這也不能怪我啊！應該怪墨青，收了那麼多門徒，一個北山的門徒燒了兩天就將人燒上天了。

「阿姐妳也別鬧心，妳現在是仙人遺孀，上天會對妳多有照拂的。」

我撇了撇嘴，上天照拂要也可不要也罷，我路招搖沒有那些，不也一樣好好地活……啊，不對，我也好好地半死不活到了現在。

我隨著子遊，上了他們酒館二樓，任由子遊在我身邊坐下，我看著他，敲了敲桌子，「那咱們來說說你吧！」我隻手撐著腦袋看他，「你怎麼忽然知道我生前造了殺戮罪的？我之前沒與你說過這事吧？」

子遊一垂眸光，倏爾笑開了。

「門主……英明。」

第十七章　故人

子遊在我身邊，一撩衣袍，屈單膝跪下，這個姿態我相當熟悉，做過我暗羅衛的，都這樣與我行禮。

「暗羅衛林子遊，拜見門主。」

我挑眉道：「你已經去大陰地府錢鋪看了過往了？」

子遊點點頭，「我知道自己時間不多了，忘東西越來越快，周圍的鬼雖然都顧慮著我的情緒隻字不提，可從一些細枝末節的地方，還是能看出端倪的。」他一笑，「還好攢的錢夠了，總算知道了自己從哪裡來，做過什麼，迷茫了這麼多年，終於了解到自己的身分。就算再忘，也沒有遺憾了。」

我摸著下巴，先讓他起來，然後思索著他的名字……

林子遊？

曾經的暗羅衛來來去去，我一時記憶模糊，老半天也沒想起來。不知是生前就忘了，還是死後才開始慢慢遺忘的。

他見我如此，也沒有生氣失望，只開口解釋道：「門主記不得我也是正常，我生前與哥哥被關在血煞門做實驗，而後與東山主一同被門主所救，只是我與哥哥沒有東山主那般天賦，並未得到過多關注，只是隨大家一同入了萬戮門。」

哦，這麼一提我倒是有些印象了。

當年那個給十七餵藥的血煞門不知在做什麼實驗，抓了許多孩子過去。我攻破他們門派，殺了他們門主後，從地牢裡放出了不少孩子。有的願意回家就送回家了，有的願意留下也就留在萬戮門了。那批孩子中，不少人做了我的暗羅衛。

子遊就是其中之一嗎……

「當年有幸，出血煞門時便見了門主抱著東山主，我與哥哥站在了前面，身上都沒有名字，只有編號，門主便點了我與哥哥，取了子遊、子豫兩個名號。

「我哥哥年紀比我大些，本是記得自己原來名字的，可因門主賜名，哥哥便取了我們以前的姓，從此以後，我便叫林子遊了。萬幸，時至今日，門主所賜名字，依舊不敢忘懷。」

我隨手點的名字，居然成了他留在鬼市的最後一個牽念。

看著他恭敬的模樣，我垂了眉眼，突然覺得自己生前，是真的有罪過。不記得給他取過名字，不記得這麼一個人在背後默默忠心待我，甚至也不知道他……什麼時候死的。

我應當是心大地……辜負過許多人啊……

「我與哥哥發誓要報門主之恩，於是入萬戮門不久後，決心加入暗羅衛，可因我自小體弱，若不是哥哥看護，衛長見我忠心，只怕是不會讓我入暗羅衛的。

「但後來……我還是辜負了哥哥和衛長的期待，在一次任務中不慎重傷，哥哥心急，不顧規矩，半夜跪在無惡殿外擾了門主休息，而門主……不但沒有怪罪，還讓南山主與我治傷。」

我仰著頭回憶，好似有些印象，卻又很模糊。因為這些事……

「這些事對門主恐怕無關緊要，卻讓我兄弟兩人銘記在心，雖然之後不久，我還是因為身體積弱而去世，可對門主的感激，一天也不敢少。

「我去世之後，哥哥也依舊在暗羅衛中，這麼多年來，不知他而今如何，不過沒在鬼市聽見他的消息，便算是最好的消息吧。只是……我如今這狀態，竟然能撞見門主，不知該高興，還是該難過。」

「高興吧。」我望著子遊，「能在這鬼市裡遇見這般忠心待過我的人，自是得高興。」我想了想，「不知我陰間帳上現在還有多少錢，全都過到你頭上吧！」

子遊瞪大了眼，「不不……這怎麼可……」

「我現在也不能買鬼市這些丹藥吃了，頂多就去大陰地府錢鋪看看過去，我沒那麼迫切，你拿著錢去看吧，看到你膩了，煩了，不想看了，自願離開的時候，就可以了。」

子遊垂頭，像是忍了許久一樣，在我打算起身離開時，他才道：「門主……還是那麼溫柔。」

我溫柔？

沒有吧，很多時候，我明明都是沒心沒肺的。這麼死了一趟，我反而覺得自己活著時，錯過了太多世間人心的溫柔與善意。

離開酒樓，飄了出去，適時離子時尚有一點時間，芷嫣已在小樹林外等著了。

她抱著手臂，左邊看看右邊望望，見我飄出來，眼睛一亮，「大魔王！這裡這裡！我特意來早了點，咱們一起往外面走走吧，回頭妳上了我的身，咱們也離這個地方遠點了。」

也好。我飄著，陪著她往鬼市外走，芷嫣像是為了不讓自己害怕，在我耳邊嘰嘰喳喳地嘮叨著。

「這幾天江湖上的消息，妳還不知道吧，要不要我說給妳聽？」也不聽我回答，她就自顧自地說了下去，「妳知道金仙被厲塵瀾帶回塵稷山了嗎？他不知道把金仙弄到哪裡去了，反正萬戮門沒有一個人知道。說是要以後，就算別人知道復活金仙的辦法，也沒辦法找到金仙的身體，徹底斷絕那些人的心思。」

嗯？洛明軒的身體被墨青帶回了塵稷山？他怎麼沒跟我說？

哦，對，這兩天忙著膩膩歪歪呢，還沒空扯別的人。

「如此甚好，省得以後又冒出像柳蘇若這樣的瘋子，再折騰一次，我可受不了。」

「還有啊，那幾個之前擁護要復活金仙的四個仙門，他們的掌門人都被各自門派的人從鳳山之下找到了，接了回去，但他們的精神好似不太正常了，一會兒嚷著路招搖，一會兒嚷著厲塵瀾，江湖上傳得風風雨雨的，說是路招搖陰魂不散，上了厲塵瀾的身，回來阻止金仙復活後，要去找十大仙門報仇了。」

「呵。」我一聲冷笑，「我就說吧，妳以前待的那些名門正派，本事沒一個，整天就知道瞎傳亂七八糟的流言。」

快飄離鬼市，子時也到了，我上了芷嫣的身，聽她在我身邊又說了個消息：「還有去鳳山找那些仙門掌門回去的人都說，鳳山現在變得可陰森了，到了晚上都隱約能聽到女人哭，有人說……」芷嫣望著我，「有人說，是柳蘇若的聲音呢。」

我瞥了她一眼，「妳我現在都是鬼，妳覺得能嚇唬到我嗎？」

芷嫣也撇了撇嘴「妳再陪我一會兒好不好，我嚇到自己了……」

這個沒用的東西……

「柳蘇若變成厲鬼也沒什麼奇怪的。」她在我身邊飄著，我便陪著她多走了幾步，「她執念那麼深，心眼那麼小，剛成事就又被我打破了，在鳳山成厲鬼，此後永遠放不下仇恨，也永遠報不了仇，年年歲歲都被圈在鳳山那裡，滿好的，省得還要再找地方關她。」

聽我這麼一說，芷嫣倒是消了些許恐懼，點點頭，「這般說來，她也是咎由自取了。」

「現在還怕嗎？」我轉頭問她。

芷嫣笑道：「不怕了，大魔王妳越來越好了。」

這一個兩個，又說我溫柔，又說我好，偏偏我自己一點感覺都沒有……

我一轉身，擺了擺手，正打算用瞬行術回無惡殿，面前卻是一陣風過，黑袍一振，墨青出現在我身前。

我眨著眼看了看他，「我正打算回去找你呢。」

墨青一笑，「我來也是一樣的。」

既然他在身邊，那我就不趕時間了，隨他一起在林間小道裡，曬著月光慢慢走，沒有說話，就這麼靜靜漫步，便覺分外舒暢。

墨青身上總有這種沉靜安穩的力量。

我信手摘了一根長草葉，借著月光，在手裡編織著，是小時候姥爺教過我的手法，我折了隻蝴蝶，轉手送給墨青，他看了一眼，卻沒急著接，只在那蝴蝶翅膀上輕輕一點。

只見編出來的蝴蝶翩翩舞起，在我與他之間轉了個圈，我望著蝴蝶微笑，沒想到墨青還有這般情趣，卻忽然間蝴蝶往下一飛，輕輕落在我唇瓣之間。

翅膀扇動，微小的風彷彿親吻時，對方的呼吸。

我愣神，怔怔抬眼望他，但見他眼眸裡皆是輕柔且細碎的月光。沒有一言一語，卻讓我心頭怦然一動。

小醜八怪，你的手段也很是撩人嘛。

他一招手，草蝴蝶又從我的唇瓣飛出，落在他的指尖上，「禮物我收下了。」

被墨青調戲了，我決定要調戲回來，於是伸手去搆那隻蝴蝶，「我可沒說要送你。」

他指尖一躲，避過了我，「招搖。」他指手，有幾分生疏，卻帶著幾分初露端倪的霸氣，「乖。」

然後我就……看在他美麗得過分的微笑上……

「好吧，送你。」

他輕笑出聲，微微低沉的笑聲在月夜裡，讓我血液升起幾分燥熱。

「還沒找到十七嗎？」

「嗯，明日我便啟程去素山，與千塵閣一同尋陣。」

或許這是最快的辦法了，我的身體在那冰牆裡掛著，天知道還能保存多久，自是越早找到越好。

不過我又想到另一件事，「我的身體不在，那禁地裡的墳埋著什麼？」

墨青手腕一轉，衣袖裡便落出了一個東西，「幫妳尋回來了，等身體找回來，便重新戴上吧。」

一見它，我「哦」了一聲，望著墨青，「你挖了我的墳？」

「對，挖了。」他答得坦蕩，將那手中的小銀鏡交到我手裡，「算是交換這隻蝴蝶的禮物。」

「這可不成。你這銀鏡是以前送我的，送了便是我的了，怎麼一個禮物還送兩次呢？還換走了我一隻蝴蝶，這買賣虧，我不幹。」

我本是要誆墨青再給我別的玩意兒，可我說完這話，墨青卻愣神許久。

「怎麼了？」我問他。

「妳……如何知道這是我以前送妳的？」

啊……

我捂住嘴，我剛才是不是不小心暴露了什麼……

第十八章　密謀

我捂著嘴，瞪著眼仰頭望著他，月色在他身後，將他神情照得朦朧，而他面前的我，整張臉迎著月光，神色應是相當錯愕。

多年前，在那山門牌坊之下，長長階梯之上，我醉酒後把墨青給吃了後，我就陷入了深深的沉睡中。

第二天早上，他在我睡夢中，將鏡子掛在我脖子上。

後來我一直睡了大半個月，直到我醒來，忘了三天裡的所有事，包括與墨青的那一件，其他人更是無從得知。

於是，在墨青的印象裡，那山門牌坊下的事應該只有他自己知道，為什麼我突然間知道了鏡子的來歷呢？

我垂了頭，斂了臉上的錯愕，腦中瞬間閃過一萬個謊，可每個謊言好像都破綻百出，經不起推敲，於是我一轉脖子，又將頭仰了起來，適時墨青依舊盯著我，目光探究，又有幾分難掩的波動。

我一咬牙，「好！來！是我！我會對你負……」

墨青隨手拔了根草下來，放到我的唇上，止住我即將脫口而出的話：「再折一隻。」他全然換了個話題。

我被他弄得有點愣，倒也還是跟著他的思路走了。

「我還會折蜻蜓，這次要個蜻蜓嗎？」

「還是折蝴蝶吧。」他側過頭，望著月亮，「兩隻，成雙成對。」

我歪著頭看他，但見他將臉都轉了過去，耳根卻染了些許微紅。

不管我是怎麼知道的，反正我是知道了。既然提起來都令我們有點羞澀，那就繼續保持沉默吧——他是這個意思吧？

「哦。」

我垂頭折起蝴蝶。

按捺住心頭的騷動，靜靜感受著比曖昧更加撩人的悸動。就像在兩人相貼的手掌中放張紙，隔著不捅破，卻不影響我們感受彼此的掌心溫度。

如此看破不說破的朦朧，比起赤裸裸的坦誠，更是亂人心弦。

我沉默著，折好了蝴蝶。墨青微微一側眼眸，目光盯了那蝴蝶一眼，於此同時，前一隻停在他指尖的蝴蝶便也翩然飛至，繞著我掌心的蝶飛了兩圈，隨即帶著它，一同翩躚而舞，兩隻蝴蝶看起來都那麼孱弱，飛舞的姿態卻那麼纏綿奪目。

我牽住了墨青的手，跟在那兩隻草編蝴蝶的身後慢慢而行，身邊的墨青唇邊有淺淺的弧度，掌心溫度令我迷戀。

這夜，塵稷山的風與月，是我從未感受過的溫柔繾綣。

在子時快結束時，墨青瞬行帶我回了無惡殿，其實若不是時辰相迫，我與他手牽手繞著塵稷山走三天三夜或許也可以。

等芷嫣回魂後，墨青沒過多久，便配了萬鈞劍，瞬行離開了。

我知道他是去素山找陣法裡的十七與琴千弦了。像這樣每天都只能憋著的日子，墨青大概也受夠了吧。

見他帶了萬鈞劍走，即便傷未全好，我也是放心的。素山陣法再厲害，到墨青這種程度，雖不至於來去自如，但也萬萬不會被傷及性命了。

唯一的難題，就是找到十七他們闖入的是哪個陣法。

我在塵稷山靜心等了兩天，兩天時間裡便只無所事事地教芷嫣一些外家功法，再去鬼市看望子遊，他當真每天都在去大陰地府錢鋪，每天都在看自己的過去，害怕自己忘了。

我對他的哥哥子豫起了好奇，照理說，他哥哥死了，如果是塵稷山的人，死了一定會飄到這鬼市來，可子遊不知道，那就證明他哥哥還活著，那從我那個時代活到墨青這個時代的暗羅衛，現在在幹什麼呢？

他若是如子遊說的那般忠心的話，在我死後，他又是怎麼與墨青相處的？

還是說，他沒死，也沒有留在萬戮門，而是自行去闖江湖了？

我用這空閒的時間，也讓芷嫣去探了探子豫的消息，可是關於暗羅衛的資訊，暗羅衛自己是不會說的，別的門徒更是不會知曉太多。這番探下來，沒什麼結果。

到了第三天，墨青仍未歸來，塵稷山卻出了些許變化。

無惡殿的侍衛，變多了。

芷嫣沒有察覺，因為她對萬戮門並不熟悉，我卻有種奇妙的直覺——萬戮門有點不對勁。

第四天，墨青依舊沒回來，這時間久到連芷嫣也開始察覺不對。

「厲塵瀾去這麼多天，就算沒找到我大伯父，也該回來看看妳吧？怎麼都沒捎個消息回來呢？」

我聽得神色凝重起來。

當天傍晚，我在塵稷山上飄了一圈，各山各峰不見異動，卻在飄過無惡殿的某個角落時看見了墨青的暗羅衛長，他臉上遮擋著厚厚的黑布，不以真面目示人。

咦，他不是被墨青派出去找十七和琴千弦了嗎？他現在應該在墨青身邊才對啊。

適時他正在角落裡與暗羅衛布置任務：「南山主那方多遣人看著，豐州城司馬容的住所也不要放鬆警惕。」

我豎起了耳朵，抱著手飄在他身邊，涼涼地盯著他。

他分配完了任務，左右探了一眼，行至無惡殿之中，在殿內西邊第三塊磚上，踏了三下。我挑了眉，眼神更涼了些。

他這是，要去這主峰之下的地牢？

塵稷山每座有署名的山頭下都有地牢，像戲月峰下的地牢，先前就被用來關柳滄嶺這般「普通的罪犯」；主峰下的地牢，以前是用來關一些我想馴服、但他們不願歸順我的厲害人物。

至於墨青上位後，好像沒有讓人順服他的癖好，他仁慈治教，於是這地牢便空了下來。裡面唯一關的一個……

便是前不久時間裡，與姜武裡應外合，險些害了我的北山主，袁桀。

這暗羅衛長，是要去找袁桀？

地牢裡有陣法，用不了瞬行術，只有坐這無惡殿裡的機關下去，而這機關的通道，只有暗羅衛長及闇主知道。

我抱著手，跟在暗羅衛長身邊一起往下面飄，邊飄邊罵墨青，人都不會看，看看這都找了什麼心腹放在自己身邊嘛！

我真是恨鐵不成鋼！

向下走了許久，終於觸底，暗羅衛長行了出去，我跟在他身邊，經過了幽深的通道，在潮濕的地牢中，走到盡頭，終於得見一個白髮蒼蒼的老者坐在地牢裡。

果然是來見袁桀的。

不止如此，他一掏鑰匙，徑直將袁桀面前的牢門打開，「出來，時候到了。」

說著，便將腰間的青鋼拐杖扔了進去。

好嘛，放人給武器，做得倒是完整。

袁桀形容雖有些狼狽，身姿氣度卻還是帶著幾分北山主的傲慢。

他拾了拐杖，緩緩站起身來，「厲塵瀾呢？」

「去素山了，我令人將他誘入了素山那處的陣法裡，他近來身上有傷，陣法又經過我等修改，一時半刻出不來。」

袁桀咳了兩聲，從牢中緩緩走出，「何人有這等本事令他受傷？」

「從海外取六合劍回來便沒好過，近來厲塵瀾陰晴不定，行事也全無章法，劈了靈停山，破了錦州城，還救了觀雨樓的掌門，而後與甦醒的洛明軒一戰後，重傷未癒，卻用布九天術尋人。如今，又以門主令令全門為先門主燒紙……不知在耍什麼花樣。」

是吧，我還記得你接過那張門主令時一臉錯愕的表情呢。

「為先門主燒紙？」袁桀拄著拐杖往前走，冷冷笑了一聲，「他奪了先門主的命，又搶了門主之權，現在還好意思假惺惺地燒紙錢？哼，厲塵瀾也會良心不安嗎？」

唔……每次聽這老頭說話，我的心情都相當複雜呢。

「厲塵瀾將金仙洛明軒的身體藏在了萬戮門中，未與任何人說過位置，如今世上能與他一鬥的，恐怕只有洛明軒了。

「先前我聽聞復活洛明軒需要琴家血脈，而今琴芷嫣正巧在無惡殿上，若能找到洛明軒身體，利用琴芷嫣的血，使他再次復活，待兩人相鬥後，你我自可坐收漁翁之利。」

我盯著暗羅衛長，忍不住垂了嘴角，有點不悅了，這傢伙的心思，太讓人討厭了！

「嗯。」袁桀在旁邊道，「洛明軒雖為先門主封印，但為了不使萬戮門毀在厲塵瀾手中，也只好如此了。」

我涼涼地瞅了袁桀一眼，難怪你這麼忠心我以前也不喜歡你啊，豬腦。

不想再看見密謀中的兩人，我徑直從塵稷山的主峰山裡穿了上去，正上方，恰是濯塵殿，時間裡子時不遠，我一邊往芷嫣那裡飄去，一邊讓芷嫣躺下，讓她離魂。

她被我的嚴肅弄得也有幾分愣神。

「塵稷山要內亂了，妳這身體搞不好也會變成一個犧牲品，待會兒我上妳身，直接去素山。」

無論如何，得去通知墨青這邊的情況，讓他回山之前有個準備。

還有，不能把芷嫣放在這裡了。

只希望墨青能將洛明軒藏得好一點，他們找不到便也罷了，若是找到……

嘖。

這他大爺的什麼金仙，竟然比我還陰魂不散！

第十九章　阻擋

附上芷嫣的身，配上六合劍，我打算先去墨青寢殿裡拿些九轉回元丹，以備不時之需。

入了墨青寢殿裡，無人管我，但當我拿了九轉回元丹，正打算掐個瞬行術走的時候，屋內暗影一閃而過。

「姑娘。」

我眸光一凜，手上瞬行術的訣掐了，卻沒能馬上離開。

嘖……這些混帳東西竟是在墨青離開的這段時間裡，在無惡殿上布了禁絕瞬行術的陣法嗎？為了防止芷嫣逃跑？簡直膽大包天！

我將九轉丹藏在衣袖裡，隨即不經意地轉過頭去，但見方才在地牢裡與袁桀密謀反叛示意的暗羅衛長正站在墨青寢殿門口。

不知墨青提拔的這個暗羅衛長修為如何，不過能坐到這個位置的，也差不到哪裡去。

我如往常一般問他：「怎麼了？」

「夜深了，見有人入門主寢殿，便跟隨來看，原來卻是姑娘，屬下冒昧了。」

「沒事，師父出去了好些日子沒回，我實在忍不住心中想念，就過來他寢殿看看。」我一邊說著，一邊往門外走，「衛長奉公職守，應該的。」

暗羅衛長一直在身側盯著我，直到我即將跨出墨青寢殿之際，他聲色卻陡然一涼：「姑娘，六合天一劍還是放在屋裡比較好。」

我垂眸一看，但見腰間佩著的六合天一劍劍鞘之上光華流轉，司馬容的雕工讓龍血木尤為奪人眼目。

我嘆了一聲氣，喚了聲：「衛長。」而後毫無預兆地拔劍出鞘，徑直朝他頸項間削去，鏘一聲，六合劍的電光與精鐵劍的劍刃摩擦而過，火花濺出。

映照著他蒙面黑布之後的眼，眸光如鷹，很是懾人。

一擊之後，我借力彈開，轉身便往空中飛去，只求趕快離開那禁了瞬行術的陣法範圍，可還沒飛多遠，一個沒注意，竟撞上了一個結界，我旋身而返，在空中頓住身形。

從上空往下望去，整個塵稷山主峰之上被一個半圓的結界包覆著，他們竟是……想將我囚禁於此？

看這陣勢，顯然密謀已久啊。

暗羅衛長不疾不徐地追了上來，身後還跟著五名暗羅衛。

「姑娘，不想吃苦，還是隨我等回去吧。」

我勾唇笑了笑，我路招搖這輩子沒想到的事有很多，但最沒想到的是，有一天竟然還會與暗羅衛動上手。

我反手握住六合劍，傾注法力入劍身，劍身之上電光大閃。

幾名暗羅衛立時神色戒備，衛長的眸光更是冰冷，「姑娘，我等不想讓妳受傷，切莫不自量力。」

我一笑，不自覺地帶了點輕蔑，「是不是不自量力，你來試試吧！」我將六合劍往身後一擲，帶著電光的劍刃穿入結界中，電光與結界相互碰撞，發出劇烈聲響，電光傳過塵稷山山頭之上的半圓結界，勾出了結界的形狀。

換作是我原來身體的力量，就能一擊將這結界給穿透了，不過現在芷嫣這身體的力量也妥，六合劍本身便有天雷之力，天雷會對結界造成不斷的傷害，就如同墨青背上的那道傷一樣，不然墨青也不至於到現在也未曾痊癒。只需要讓六合劍在結界上多待一會兒，破開結界是遲早的事。

雷光閃爍，暗羅衛長沉聲下令：「將六合劍拔出來。」

我一挑眉，哦，不想讓人知道咱們在打架嗎？

我身形一轉，攔住旁邊欲拔劍的暗羅衛。這幾日在我的指導下，芷嫣將身體的靈活度鍛鍊得不錯，速度也比之前快不少。我輕鬆擒住其中一個暗羅衛，從身後控住他，抓了他的手，像操縱傀儡一樣操縱著他，同時也將他當做盾牌擋住了另外兩人的攻擊。

正是攔住這幾人之際，暗羅衛長身形一動，我再一轉頭，他竟然已經移到六合劍旁，作勢要拔劍。

我提住身前暗羅衛的衣領，凌空一甩，將他當做武器朝衛長丟了過去。

暗羅衛一聲哀號離我遠去，擋住了他衛長即將拔劍的手，衛長猛地退了一步，也沒有接住他，他便狠狠撞上了結界，被結界之力與天雷一同擊打在身，從半空跌落，有人去救他，我卻懶得再多看一眼。

手一伸，令六合劍離開結界飛回了我手中。

六合劍是我最有力的武器，我不能讓它被衛長控制，收回劍，再一轉身，將劍推入了另一個方向的結界中，天雷繼續作用，頂上結界發出碎裂的聲響。

只見暗羅衛長眸中閃過黑焰，顯然是知道不將我除掉，便動不了六合劍，他握緊手中長劍，徑直向我殺來。

我身邊沒有武器，便又擒了一個暗羅衛，將他手腕擰了個脫臼，一腳踹開，搶了他手上的劍。

劍刃相觸，頂上結界撕裂的聲音大過了我與他相鬥過招的動靜。他功法不弱，身手也比芷嫣好上太多，照理說我是鬥不過他的。但是，我有一個優勢——

他使的，是我交給暗羅衛的劍法。

這些劍法是我創的，交給他們，讓他們禦敵，招式狠辣、乾淨、果斷，每一招劍勢之後，我都能看穿他下一招要出什麼。

這暗羅衛長或許是真想留芷嫣這條命，方便以後「復活」洛明軒，所以一直未曾用法力壓制我，對我下殺招。

這讓我應付起他來更加遊刃有餘，我也不需要對他動真格，只需糾纏到結界碎裂……

便在我如此想時，天頂上結界終是承受不住天雷之力，徹底炸裂，我一揮手，六合劍返回手中，當即，我身形微微一動，一劍斬破他所有的攻勢。

他終是動了法力，瞬行術一過，堪堪停在我面前三丈遠的空中。他臉上的黑色遮面巾已經被我一劍切掉，一道血痕在他的臉頰左側，深深地劃出，若再狠一點，就能直接削掉他半個腦袋。

鮮血滴答落下，他沒有止血，只是呆呆地望著我，滿眼不敢置信與震驚。

我已經無暇思考他在震驚什麼，只剩半個時辰我就得脫離芷嫣的身體了，懶得再耽擱時間，我掐了個瞬行術，眨眼離開。

第二十章 天下之爭

我瞬行至素山，素山是由一片綿延起伏的小丘陵組成，遍野青草，沒有高大樹木，千塵閣人稱其淨如素，謂之素山。

在我看來，這些說法其實都是騙人的……

這片丘陵地上，疊了上百個陣法，殺陣、迷陣、陣中陣……踩錯一步，便會被困入陣法中。

自古以來，素山便是千塵閣的一道天然屏障，而自琴千弦做閣主後，除了修菩薩道，他還醉心於陣術，給這些天然陣法又添了不少險惡。

依我看，這素山就與琴千弦是一樣的德行，面上人畜無害，背地裡也會做出偷人屍身這樣的缺德事。

我瞬行到了素山上空，不敢往下走，只怕一腳沒踏好，墨青沒找到，自己倒被困在陣法裡。

我往下望去，穿過素山沒隔多遠便是千塵閣，而千塵閣門人素來行事低調，房屋樓閣都建得低矮，半夜也靜謐無聲，甚至連燈火也未點，一整片千塵閣的地連著素山，宛如沒有人煙。

是以在這般環境之下，山野裡星星點點的火把尤為醒目。

我掐了個千里眼的訣往下望，有個地方站了許多人，全是暗羅衛，另一邊則零零散散站了些人，素衣青服，都是千塵閣的弟子。

我瞬行一閃，落到了那些千塵閣的弟子較多的地方。

仙臺山會議上，琴千弦被那般對待而後失蹤，他的弟子們卻全然不著急，有的舉著火把站在一處瞭望遠方，有的連火把都不點，就地盤腿打坐、沉心靜氣，全是一副要升仙的模樣。

反正我是不太懂他們這種門派，修這種什麼都不碰的道能找到什麼快感？

他們站得很分散，我隨便瞅了個就近的，走到他身後，拍了拍他的肩，「這位……呃……菩薩？」

那人一回頭，眉心一顆醒目朱砂痣甚是好看，他望了我一眼，便站了起來，態度溫和，笑道：「芷嫣姑娘，妳怎麼來了？」

啊，險些忘了，芷嫣是琴千弦的侄女，千塵閣的人認識她的模樣也是應該的。

不過……可惜我不認識他。

「我……」

我們一開口說話，那方點著火把、滿身戒備的暗羅衛中，便有人望了過來。瞧瞧那邊的警覺性！咱們萬戮門與他們千塵閣的弟子完全是兩個風格嘛！我不適時宜地感到一陣自豪。

所幸這小朱砂痣沒有點火，距離隔得遠，讓那頭一時半會地沒瞧清楚。

我拽了小朱砂痣的衣袖，將他拉到一邊，隨手掐了個小的隔音結界出來，「我來找我師父。」

他點了點頭，「有所耳聞，妳拜了萬戮門的厲塵瀾為師。」

「對，你可知道我師父在哪裡？」

小朱砂痣往暗羅衛那方望了一眼，「前些日我等與他們一同尋找閣主所在陣法，確定是這一迷陣後，厲塵瀾前來，便立即入陣尋人，至今尚未出來，暗羅衛一直在看守戒備，不許我等靠近。」

「他們不讓你們靠近，你們就真的不靠近了？小十……那個東山主，還有你們閣主……我的大伯父也在裡面啊！」

小朱砂痣雙手合十，「陣外人無法干涉陣內事，素山結界環環相扣，靠近與不靠近，並無差別。入了素山陣法，一切皆看天意。」

算了，我不想和他扯了。

我一拉袖子，打算解決外面的暗羅衛，直接衝進陣裡。

素山陣法再厲害，我也不信能困住墨青。墨青之所以會待在裡面不出來，定是有不出來的理由，我得進去幫他，再是不濟，讓他先走，我在裡面頂著，萬戮門的內亂不能擴大。

不能讓他們找到洛明軒！

在我即將動手時，心口猛地傳來一陣疼痛，我一愣，只覺心魂一顫，猛地被撞出了這個身體。

芷嫣回魂了……

子時竟然就這般過了！

我暗暗咬牙，聽見旁邊的小朱砂痣正在輕聲問芷嫣：「芷嫣姑娘，妳身體可有不適？」

芷嫣深吸了一口氣，擺擺手，下意識地答了句：「沒事。」她一轉頭，望見旁邊的人，又是一愣，「溯言哥哥。」她笑開了，「你怎麼在……」她堪堪將這句話打住，轉著眼珠看了旁邊的我一眼，「哈哈哈，天太暗，我現在才認出你。」

嗯，比以前會瞎扯了。

我不再管她，以魂魄之體穿過那些暗羅衛的身體，飄向他們身後的陣法。

可是魂魄之體，是闖不進陣法的。

這個世間大概只有我這種狀態，是永遠也不會被素山陣法所困，因為人世的一切都傷不了我，陣法也一樣。所以我想進去，也不得入。

但奇怪的是，當我的魂體穿過陣法所在之地時，卻有一股奇妙的感覺傳來，就像是……我的心臟在跳動一樣。

當我想細究這股感覺的來源時，它又消失不見。

我飄回芷嫣身邊，與她道：「讓這小朱砂痣帶妳回千塵閣，不要被暗羅衛發現了。咱們在千塵閣多一天，明天晚上，我穿妳的身體入陣尋人。」

芷嫣點頭。

被溯言領回了千塵閣，安排了一間小房間住下，芷嫣離魂出來與我道：「大魔王，妳和那個暗羅衛長打了一架，把那結界打破之後，塵稷山一下就亂了，有侍衛長質問暗羅衛，塵稷山頂何時出的結界，又為何要對這個身體動手，門主立了令，說是無論何人、何事，都不可傷害這個身體的。」

從芷嫣嘴裡聽到墨青曾下過這樣的令，我微微一笑，「然後呢？」

「然後就亂了，有擁護厲塵瀾的，有站在暗羅衛這邊的，但也不是所有的暗羅衛都站在暗羅衛這邊，反正情況很複雜……他們把北山主那個老頭子都放出來了，老頭子打著妳的名號說要清除逆賊、斬了厲塵瀾……」

我想像得到，這次大概是萬戮門的一個劫數，若不好好處理，一分為二也未可知。

其實這個問題很好解決，北山主不是忠心於我嗎？只要我找到自己的身體回魂，然後牽著墨青的手，站在無惡殿前的大廣場上，與墨青抱一抱，親一親，兩任門主宣布成親，問題不就迎刃而解了！

說到頭！還是因為沒找到琴千弦！

回頭等我找到十七，看我不打她屁股！讓她帶個人回山，這都給帶出多少事來了！

我狠狠嘆了聲氣，也只好飄在空中抱著手等時間，初次覺得一天這麼難熬過。

等到隔天子時將近，我摩拳擦掌地等著要上芷嫣的身，忽然間昨天那個小朱砂痣來敲門了。

他竟是皺著眉頭來的，神色有幾分嚴肅，看見他們修菩薩道的都愁成這樣了，我猜一定發生了不得了的事，便緊跟在芷嫣背後。

「昨日夜裡，塵稷山起了內亂。芷嫣，妳可是因此才逃到千塵閣來的？」

芷嫣一默，沒回答，小朱砂痣又道：「昨夜有的門派已經連夜得了消息，今日中午剛過，那柔佛巴魯姜武便與十大仙門中的四個門派集結，去了塵稷山。」

芷嫣驚愕得捂住了嘴。

我瞇起眼，「姜武啊，趁火打劫。」我冷笑出聲，「好小子，夠陰險！」

上次墨青沒殺得了他，現在便開始拉幫結伙地的，要燒我後院了啊。還學了墨青的招，與仙門聯手，很好很好！

聽聞姜武昨夜向所有仙門都發了函，除了四大仙門外，還有不少想搏出位的小仙門也一同去了。

柳滄嶺已經回了錦州城，接手一片破敗的鑒心門，拒了姜武的函書；觀雨樓的沈千錦在鳳山那一戰之後，便被放了回去，她也拒了函書。

接受這函書的四個仙門，便是先前打算與柳蘇若一同復活洛明軒的四個門派。他們的掌門在鳳山被墨青給弄瘋了，又丟面子傷了實力，對萬戮門正是恨之入骨。打算趁著萬戮門內亂，從裡面討回這筆債。

小朱砂痣報了信後，囑咐芷嫣，這段時間就待在千塵閣，不要亂走，江湖興許要大亂了。

他說得沒錯，若是萬戮門內亂，仙門趁機攻入，姜武從中得利，從此萬戮門一門獨大的局面就此打破，墨青的一統願望就此破滅。

這天下便是一塊肥肉，最大的老虎被打死了，就剩一些豺狼各自撕扯爭食，滿盤狼藉，不需言說。

這些是以後的局勢，無需再提。現下最緊迫的是，那四個仙門還有暗羅衛長與北山主都想復活洛明軒。姜武現在是站在四個仙門那一條線上的，他的立場不言而喻。

萬戮門情勢告急啊……

第二十一章 復生

艱難地熬到子時，我上了芷嫣的身，提了六合劍，不顧外面小朱砂痣的阻攔，一頭殺向守著素山陣法的暗羅衛，輕巧地避過了他們的攻擊，未多做糾纏逕自闖入陣法中。

一入陣，周圍景色大變，再不似外面的遍野青草，而是冰天雪地、寒風凜冽，一如瞬行至了極北的雪國。

奇怪的是，我明明沒進過素山陣法中，卻隱約覺得此處很是熟悉。

我左右探尋，意圖趕快在陣法當中找到墨青，然而當我開了千里眼往空中一飛，就徹底傻了。

這陣法裡的世界……比我想像得大多了！

冰川起伏，雪原連綿不絕，連成一片又一片的迷宮。這裡不是陣法，簡直是另一個世界……

不過，等等……

從這種高度往下望去，這裡好像……是在我吃了還陽丹之後，回到我身體之時，看見的那片冰川。難道……琴千弦將我的身體藏在素山陣法中？

若真是在這裡，那我不就快找回身體了嗎！

一想到這，我便心潮翻湧，激動難耐。以千里眼到處探看，希望早些找到墨青與十七他們，可天地蒼茫，根本沒有方向，我遍尋無果，心頭又急又無奈。

忽然之間，便有幾分理解了墨青那散盡神識來尋人的迫切。

下一刻，一聲沉重的悶響，自遠處群山之間傳來。我確認了方向後，立時飛了過去，還在高空中，便看見了下方一身黑袍的墨青。

他的身影在白雪中那般清晰，我連飛都嫌慢了，掐了一個瞬行，眨眼落到他身後，都沒喚他一聲，撲上去便要從後面抱住他。

「咳……」

「啊！不能碰！」

旁邊陡然傳來兩道聲響。在即將碰到墨青之際，我堪堪停住了手，往旁邊一望，剛才在天上，一眼望見了墨青，就再也望不見別的了。這才發現了蹲在旁邊的十七與盤腿打坐的琴千弦。

十七還是那般臉色紅潤，只是琴千弦的臉色比以前蒼白太多，彷彿一不注意便要同曹寧一般升天去了。

「他壓著陣眼呢，不能碰！」十七如此說著，站到我身邊轉了一圈，是在打量著我。

我卻沒心思管她，只顧著看墨青了。

他斂神垂目，似半睡半醒，可渾身肌肉卻繃得死緊，一把萬鈞劍立在身前半尺遠的地方，雙手壓住，即便我站到他身前，他也沒抬眸看我一眼，宛如一座雕像。

「怎麼回事？」我蹙眉問琴千弦。

「妳是門主嗎？」十七湊在我身邊問我。

我一把推開她湊得太近的臉，「琴千弦，你應當知道我現在是誰，我時間不多，你最好盡快將其中事情道與我聽。」

「妳真的是門主啊！」十七撲上來抱住我的腰，拚著蠻力將我抱起來轉了兩圈，「門主！門主！妳真的回來了！」如果她屁股後面有一條尾巴，現在大概就要甩上天了。

我拍了一下她腦袋，「別鬧。」

蹭。

「噯！」她脆生生地應了，然後乖乖將我放下，只抱著我，把腦袋放在我肩上

在一旁垂目斂神的墨青竟然陡然開口：「路十七，放手。」一字一句，說得陰沉。

我又是一驚，「你能說話啊。」

十七在旁邊接嘴：「剛才就是小醜八怪告訴我們妳來了，然後我才一拳打碎了大石，引妳過來的。」

我看見墨青額上青筋跳了一下。

啊……十七是什麼都學了我，把墨青叫小醜八怪的，除了我，現在大概也只有她有這個熊膽了。

我揉了揉眉心，「好了，一個一個來。」我推開十七，嚴肅地問她，「我讓妳把琴千弦帶回萬戮門，妳怎麼帶到這裡來？」

被我斥了，十七有點委屈，「我本是打算直接回萬戮門的，可他受了傷，我不會瞬行術，帶著他飛到外面，不小心就掉進陣法裡了。本來是可以出去的，可他說既然天意讓他才此，要取個東西再出去，就到了這個山洞前。」十七指了一下面前

的山洞，「他說妳的身體在裡面。」

我的身體果然是被琴千弦藏到這陣裡了！

我轉頭瞥了琴千弦一眼，沒打算現在問他為什麼要這麼做，誰知道背後會不會又是一大串故事。

「那墨青又是怎麼在這裡壓陣眼的？」

琴千弦咳了一聲，答道：「山洞中有陣中陣，此處乃陣中陣的陣眼，我傷重，破不開陣眼，本打算在此地調息些許時日再行破陣之勢。厲塵瀾到了之後，本想讓他破陣……」

「可外面不知道哪個混帳東西動了外面陣法的陣眼！」十七為了奪得我的關注，奮力搶了琴千弦的話，讓我看著她，「外面的陣眼挪動，陣中世界便會天翻地覆，山石挪移，陣中陣也會受到牽連，為不使這山洞挪走，以免之後難尋妳的身體，他就只好強力壓住陣眼。不能挪動，一旦動了，陣眼便會動。」

所以才在這陣裡僵持如此多天嗎……

我摸著下巴琢磨，轉頭問琴千弦：「我現今入陣，直到在裡面找到我的身體，需要多久？」

「避開迷陣，山洞之中本就路途蜿蜒，需得半個時辰。」

找到我的身體要半個時辰，在裡面躺進去適應身體也要折騰一陣子，還不知道有沒有什麼意外情況，現下我與墨青最耽擱不了的便是時間。

下午姜武就與四大仙門去了塵稷山，現在已是大半夜，誰知道他們那邊的情況成什麼樣子了。

墨青需盡快回塵稷山，我心思一轉，十七力氣大，但論術法實在不行，她壓不住陣眼，琴千弦重傷，若是他一會兒要給我帶路入陣找身體，也不能壓陣眼，那唯一能做這件事的……

「等琴芷嫣回魂，她現今佐以六合劍之力，能壓住陣眼。」墨青說出了我心中所想，「待她來，我便回萬戮門。」

「你知道萬戮門的情況？」我驚訝。

墨青默了一瞬，「妳身上的銀鏡。」他頓了一頓，道，「也叫窺心鏡。」

窺心鏡？

是……戴在我身上就能窺見我的所想所見？

所以只要把這鏡子戴在身上，墨青就能隨時知道我在哪以及我在想什麼？那我以前將這鏡子隨身帶了那麼多年……那麼多年裡，他就坐在山門前，每天都時時刻刻知道我的情況？

他前幾天將這鏡子從墳裡挖出來交到我手裡時，怎麼沒跟我說這件事呢！

「小醜八怪。」我看著他點了點頭，「你也是好樣的，這事咱們回頭聊。」

墨青垂眸不看我，也沒有應聲。

十七與琴千弦在一旁是聽不懂我與墨青說的這些話的，我將計畫轉達給他們。等芷嫣回魂，她負責壓陣眼，十七便在旁邊陪著她，不讓陣中他物打擾她。琴千弦則入陣帶路，我隨他進去，找到自己的身體。

我這話話音剛落，子時到，芷嫣回魂。

見了而今這狀況，她有些懵：「大家……都在啊……」

沒時間與她解釋太多，我讓她站在墨青身側，以全力壓住陣眼，我飄在她身前盯住她：「芷嫣，我能不能復活，就全交在妳的手裡了。」

她一怔，咬了牙，拔劍出鞘，沉住心神：「大魔王，妳救了我那麼多次，這一次，我便是拚了這條命，也幫妳將陣眼壓住。」

我笑了笑，讓到一旁。

但見芷嫣舉高六合劍，集渾身術法，使劍刃猛地刺穿大地陣眼，轟然一聲，天地一顫，芷嫣咬緊牙關。

墨青抽回萬鈞劍，整個壓制陣眼的力量霎時便轉到了芷嫣手中。

「兩個時辰，我便出來。」

芷嫣力量沒有墨青那般強大，壓住陣眼已經耗費了她全部精神，沒空與旁人多言，她只專心看著陣眼，任由額上冷汗一滴滴落下。

琴千弦起身，帶我入了山洞中。

臨入山洞前，我轉頭望了一眼墨青，他看著山洞入口，雖則看不見我，卻是目光專注，「路招搖。」他喚我的名字，聲調如此平靜，卻令我忍不住心動，「我會肅清萬戮門之亂，等妳回來。」

他聽不見，我卻鄭重地回答了一聲：「好。」

我會回去。

這次，一定不再辜負你的等待。

入了陣法中，琴千弦腳步沉穩，從容不迫，我亦步亦趨，但見身側冰凌雪景與我之前吃下還陽丹時看見的山洞景色一模一樣。

越是往裡面走，我心口處那股莫名的悸動便越是強烈。

大概……就是魂體與身體之間的羈絆？

「我將妳身體放在此處，妳可恨我？」他突然開了口，知道聽不到我的回答，所以他現在更像是在一邊走，一邊自言自語，「五年前劍塚一戰，乃是我為心魔所困之極致，我知心魔因妳而起，也唯有因妳而滅。」

我心頭一顫，咦，聽這話頭，是要表白？

不行，我拒絕！我喜歡墨青，這世上唯一的墨青，他偶爾喝兩口醋我是高興，可誰也不能與他爭，他在我這裡，不能再受委屈。

我張了嘴……方覺琴千弦心思好深。

他現在在這無人的地方說這話，我只能聽著，也不能拒絕啊！

「非關情愛，卻是雜念。日復一日，終成心魔。亂我修行，擾我清心，我盜妳屍身，所行不齒，卻也是無奈之舉，而後將妳屍身放置於此，餵以心血，保屍身不腐，日日誦經於此，終是徹底除了心魔，此後，便再未來過此地了。」

琴家的血甚是奇妙，能有復活洛明軒的用處，想來他們的血液中是帶著上天的恩賜，天生該走斷情絕愛、一心升仙的道，卻被我綁走胡亂一看給看亂了。

說來也是我的罪過。

後來陰差陽錯，他用他的心血餵了我的身體，竟挽回我一絲生機，讓我如今成了個生魂，還有復生的機會。

他當年盜我屍身是錯，可到頭來受益的還是我。我也怪不得他，反而還該有幾分感激。

「今日便算我了了對妳的最後一絲歉疚。」

緩緩說完這話，轉過前方一個轉角，巨大的冰冷洞穴映入眼簾，天頂上冰柱懸掛，冰凌亂穿，在最後的那塊冰牆上，身著黑紅相間的華服，披散頭髮，閉目抿唇陷在冰牆當中，正是我的身體。

招搖

我飄到上空，與我的身體面對面，感受著心臟的強烈悸動，我慢慢沉入……

感受著逐漸傳來的手指的力量，血液的流動，眼睫的顫動。

路招搖，路招搖。

我真是想念妳的力量與容顏啊。

第二十二章 歸來

上次我吃過還陽丹，魂體如何回到身體的，感覺很模糊。這一次，我能清楚感覺到身體裡每個感官重新與我神識相連。

有磨合的疼痛，然而越是疼痛卻越是讓我清晰地意識到，我的身體回來了。

操縱尚有些麻木的指尖，緊緊一握拳頭，覆在我手上的冰層瞬間碎裂，連帶著圍繞在我身上的一圈冰層都盡數破碎。

我睜開雙眼，自鬆動的冰牆躍下，單膝落地，我撐起身子，站了起來，一振長服，微啟唇畔，輕輕哈了口熱氣出來。

看著口中的氣息化作白霧在冰山洞穴中繚繞而飛，真是懷念這種溫度啊。我轉了轉脖子，又深深吸了口氣進去，這冰冷的空氣也很是不錯。

用自己的身體感受到的世間萬物，都讓我由衷地喜歡。

「走吧。」我望著靜靜凝視著我的琴千弦道，「我該回塵稷山了。」

不能讓墨青久等了。

琴千弦垂了眉目，「這山洞中本就構造複雜，且伴有迷陣，跟在我後面走，萬不可踏錯。」

我一笑，「我路招搖還不至於連走路都不會。」話音一落，我一步踏出，卻覺腳下猛地一僵，落在地上的腿竟然有些不聽使喚。

我身體晃了兩下，本想平衡好自己，卻奇怪地掌握不了四肢平衡，身子一歪，往地上摔去。

幸而前面伸來一隻手，堪堪扶住我胳膊，這手掌的溫度比普通人要涼上些許，我抬頭看了琴千弦一眼，他垂眸斂目，觀心不觀我。

我向他道了聲謝，只覺他掌心在我手臂上停頓了片刻，方才收了回去。

「這腿腳怎麼有些不聽使喚。」我捶了捶腿，暗自琢磨，上次吃了還陽丹也沒這種情況發生啊。

「離魂太久，不適應也是正常的。」

琴千弦一抬手，從旁邊拔了一塊冰凌下來，冰凌中間有些許凹陷，他隨手在另一塊尖銳的冰刺上將手劃破，手一握，掌心滲出血來，滴入那通透的冰凌凹陷中，以冰凌為容器，給我盛了一盞血，「我的血或許能助妳快些適應。」

我雖然修的是魔道，這輩子做的壞事也不少，可喝人血這種事倒沒幹過，我覺得有點新鮮，接過他手中的冰凌，一飲而盡。

鮮血的味道在舌尖散開，帶著腥味與鐵鏽氣息，和我以前打架受傷，自己吐出來的血也沒什麼差別。

只是當鮮血咽下喉嚨，四肢之中卻浮出了些許清涼之意，我再抬腳往前走時，身體便已協調許多。

琴千弦的血，當真神奇，難怪能復活洛明軒了。

「你的血倒是好功效，回頭……」我舔了舔唇，忍住了後面的話。

等回頭出去了，了結了這檔事，我就天天給芷嫣吃好吃的，把她養得白白胖胖，隔兩天就給她放一次血，拿來給我喝著養身體。

我打著芷嫣的主意，悄悄瞥了他一眼，見他並沒有將我的話放在心上，只轉身離開，我便也乖乖跟在了他身後。

從山洞裡往外走著，路上沉默，我便問他：「你可知你的血為何會有如此功效？」

「傳聞祖上有先輩飛升為仙，從此後人便蒙此福蔭，直屬一脈，世代如此，然則於自己而言卻並無兩樣。」他解釋道。

咦，原來飛升後，還會給後人留點福分下來？那我這個仙人遺孀，會不會也意外收穫點東西呢？如此一想，我往體內一探氣息，正探得專心，一腳踩錯了地方……

旁裡立即有手伸來抓住我，將我身體從半個迷陣裡拽了回去。

「小心。」

他很快鬆開了手。

我咳了一聲，也覺得自己該專心走路了。讓人家一個修菩薩道的三番兩次來拽我，要真是個清心靜神的活菩薩便也罷了，這琴千弦可是有前科的！

上次被我盯出來的心魔好不容易滅了，要是再出來一個，我真是不知道怎麼賠了。

終於，我們出了山洞。

正蹲坐在芷嫣身邊的十七聽到聲響，抬起頭來，眸光發亮，直勾勾地盯著我，兩腿發力一蹬，徑直從地上躍起朝我撲來。

「門主！」她嗷嗷一聲嚎，整個人便掛到了我身上。

我將她接了個滿懷，她比以前輕了許多，可見在海外仙島吃了不少苦。

「司馬容說我去找不死草就能復活妳，可我沒找到不死草妳也復活了！那個大騙子！我要回去揍他！害我出去跑了那麼大一圈！」

我抱著她的背拍了拍，有點哭笑不得。

「芷嫣。」身後的琴千弦走到芷嫣身邊喚了她一聲，「可以鬆開陣眼了。」

他話音一落，芷嫣雙手一鬆，六合劍徑直從陣眼上彈了出來。霎時間，陣眼挪移，不見了蹤影，整個陣法中的世界開始天旋地轉。

我抱住十七，一伸手，召來飛出去的六合劍。

令氣息在周身迅速流轉了三個周天，重新控制身體裡的法力，我望向遠方，正是要聚力劈開這素山迷陣之際，旁邊一陣清音吟誦，琴千弦口中「破」字一出，面前山河顛倒的冰雪世界從空中開了一條道出來，直通外頭。

我一手抱著十七，一手牽了芷嫣，順著琴千弦破開的這條道中飛出去，但飛了一會兒，到了半空卻未見身後有人跟上，我轉頭一看，琴千弦還在那星河顛倒的陣法之中仰頭望著我。

「不走？」

「素山陣法不可亂，我需得留下來修繕，妳們自行離開吧。」

他話音一落，掛在我身上的十七動了動，很糾結地撓了撓頭，「唔……門主……」

「怎麼了？」

「這……這個磨磨嘰嘰的傢伙，雖然有點討厭，可先前我們入陣時，這兒有個守陣的大雪妖，他為了救我才傷得這麼重的。我、我要不要留下來幫他？」

我皺眉道：「妳不會法術，留下來也沒用。」

「東山主不必歉疚。」琴千弦在下方道，「仙臺山上妳助了我，陣法中的雪妖不過是報妳恩情罷了。」

這個道理簡單，十七聽得懂，她點頭道：「正好，我也捨不得放開門主。不過你記著，你幫我把門主的身體找了出來，救了我門主，也就是救了我，以後你有什麼困難，讓我路十七幫忙，我也絕不推辭！」

我拍了一下十七的腦袋，「什麼都往自己頭上攬，妳這姑娘傻不傻。」我斥了她一句，轉頭看了琴千弦一眼，「不管前因如何，以後你琴千弦需要我萬戮門幫忙的，且來知會。」

沒再看琴千弦一眼，我飛出素山陣法。

陣法外，正是爭鋒相對之勢。

守在陣外的暗羅衛與千塵閣的門徒分列兩方。

我正是奇怪千塵閣的人怎麼突然間這麼有血性了，卻聽為首的那個小朱砂痣仰頭望見了我、十七與芷嫣三人。

「芷嫣姑娘！」他一聲喊，「妳可有大礙？」

自己門主掉進陣法裡了沒那麼著急，芷嫣掉進去倒是急了，這些千塵閣門人真是讓我想不通啊。還是說……他們對琴千弦有那麼高的自信，認為他入了陣法根本無所謂？

「溯言哥……」一句話未說完，下方一支箭射了上來，險險擦過我的鼻尖，飛上天際，打斷了芷嫣的話。

我往下一瞅。

但見蒙著面的暗羅衛，有幾人神色露出了驚詫與愕然。

「東山主？」

「不……那是……路……路……」

喊了半天，連我的名字都喊不出來，留你們何用？

我一聲冷哼，反手就將十七從身上撕下來，朝向他們的方向道：「這一堆，給我揍！」

「開心！又得到門主命令了！」十七歡呼著跳了下去。

我則一旋身落到了千塵閣門徒那邊，將芷嫣放到一邊，轉頭問那溯言：「有沒有什麼短時間提高功法的靈丹，給我來兩顆。」

那眉心一點朱砂的溯言見了我，雙目瞪得老大，而他背後一圈千塵閣的門人都一副見了鬼的神情。

沒那個耽擱的功夫，我盯了芷嫣一眼，她立刻會意，拉了溯言一通解釋，我則抓緊時間就地盤腿打坐，將氣息調理順暢，打開所有筋骨封閉的節點。

等我睜開眼，芷嫣已經將丹藥遞給了我，我仰頭吃下，抽空問了一句：「塵稷山現在情況如何了？」

「啊……哦……」溯言在我身邊說，我一邊聽一邊打坐，「姜武和那北山主好像達成什麼協定了，在塵稷山內一通亂戰，山下的村子也毀了，我等遣人去保護百姓，有消息傳回來說，好似厲塵瀾已經回山了，山頭無惡殿已經戰得天昏地暗，山下已無法探知其中情況了。」

我睜開雙眼，拳頭一握。

這麼多人欺負小醜八怪一個，以為我路招搖死了，你們就可以翻天了嗎？

調息完畢，我站起身來，握住六合劍，掐了個瞬行術，溯言那句：「路招搖……妳為何活過來了？」

我為何會活過來？

因為我有一場深情，無法狠心辜負。

而這個答案，我不打算說給任何人聽。

瞬行術一動，那邊打得酣暢淋漓的十七遙遙地喊我：「門主！帶我一起走啊！」

「收拾完了自己回家。」

落下這句話，我身形消失，再是出現，正好落在無惡殿的頂端之上。

誠如溯言所說，無惡殿真是打得天昏地暗，明明天色已近破曉，這處依舊黑氣蔽天。

黑風震盪，胡亂拉扯我的長髮與黑袍，我以千里眼破開黑風，往無惡殿廣場中的黑風中心一瞅，但見墨青立在正中，手中萬鈞劍垂直立在地，死死壓住地上還在昏睡的洛明軒的心口。

洛明軒的屍身，尚未被他們搶走。

而在他面前，黑風纏繞的四周，分別立著那四大仙門的接掌人，北山主，暗羅衛長與……姜武。

許久不見，小短毛還是那麼猖狂張揚。以往，我欣賞他這種張揚，今天卻不太待見。

幾人在黑風當中達成了一種詭異的僵持，是墨青以萬鈞劍之力，捲出來的力量，與幾人相互牽制，周邊一片狼藉，山前階梯早已破碎得不成樣子。

想來必定是經過一場激戰才成了這種僵持的局面。

再耗下去，誰先力竭，誰便是輸。

我拔劍出鞘，六合劍上的天雷劈啪作響，電光似穿透了黑暗，墨青背對著我，所以他沒看見，卻是在他身側的姜武倏地轉頭，盯住了我。

霎時間，以墨青為中心的黑風猛地一震，姜武咬牙，往後退了一步。

我聚力招來一記天雷，轟隆一聲，落在那四大仙門與姜武所在之處。

天雷來得猝不及防，幾人功法陡然被打斷，齊齊向後退了幾大步，吐出一口鮮血來。

於此同時，墨青周身黑氣化為一條巨大的鞭子，挾著橫掃千軍之勢，將幾人狠狠抽開。

平衡被打破，北山主與那暗羅衛長也不可倖免，盡數被抽飛到一邊，趴在地上，口吐鮮血。

轉瞬後，長鞭於空中一舞，轉瞬消失，黑氣盡退。

正是破曉之際，遠處朝陽躍過最高的山頭，在一片狼藉的塵稷山主峰上灑下曦光。

我站在破敗的無惡殿房梁上，淡淡掃了一圈被打倒的眾人，最後目光落在墨青身上。恰逢他也轉過頭來看我，晨光之中，清風徐來，拉扯過他衣袂的那一縷風在片刻之後，也輕柔地拂過了我的耳畔。

正值初夏，風的暖意似他指尖唇瓣的曖昧溫度。

這裡不像戰場，而像是在那年、那月、那一天——

我養好了被洛明軒打出來的重傷，從山溝裡爬了出來，再次回到塵稷山，找到了依舊住在山上破廟裡的墨青。

那時我懷著滿腔仇恨，一心報仇，沒有看懂也不太在意墨青眸中的神色。

如今，卻像是補上了當年我的那一分遲鈍。

我凌空踏下房頂，行至墨青身前，再沒有猶豫，一抬手，攬住了他的脖子，將他頸項勾住，襲上他的唇。

是的，我早就想這樣做了。

侵入、挑逗，強勢地啃咬，想將他吃掉，也想要他更多、更迫切、更強硬的回應。

不要憐惜我，抱緊我、揉碎我、占有我，我也會這麼對你。

原來已經那麼喜歡你，喜歡到哪怕拚盡全力克制，可一觸到你，就令我癲狂。

你想要我是你的，我也想……要你。

──《招搖 卷三》完

高寶書版集團
gobooks.com.tw

輕世代 FW288

招搖 卷三

作　　者　九鷺非香
繪　　者　セカイメグル
編　　輯　林思妤
校　　對　任芸慧
書衣設計　林鈞儀
美術編輯　林鈞儀
排　　版　彭立瑋

發 行 人　朱凱蕾
出　　版　英屬維京群島商高寶國際有限公司臺灣分公司
　　　　　Global Group Holdings, Ltd.
地　　址　臺北市內湖區洲子街88號3樓
網　　址　www.gobooks.com.tw
電　　話　(02) 27992788
電　　郵　readers@gobooks.com.tw（讀者服務部）
　　　　　pr@gobooks.com.tw（公關諮詢部）
傳　　真　出版部　(02) 27990909　行銷部 (02) 27993088
郵政劃撥　50404557
戶　　名　三日月書版股份有限公司
發　　行　三日月書版股份有限公司/Printed in Taiwan
初版日期　2018年10月

國家圖書館出版品預行編目(CIP)資料

招搖 / 九鷺非香著.-- 初版. -- 臺北市：高寶國際, 2018.10-
冊；　公分. --

ISBN 978-986-361-593-4(第3冊：平裝)

857.7　　　　107004301

三日月書版

三日月書版

GOBOOKS
& SITAK
GROUP©

GOBOOKS
& SITAK
GROUP©